未来は予測するものではなく創造するものである

考える自由を取り戻すための〈SF思考〉

樋口恭介
KYOSUKE HIGUCHI

筑摩書房

未来は予測するものではなく創造するものである

考える自由を取り戻すための〈SF思考〉

目次

未来は予測するものではなく
創造するものである

考える自由を
取り戻すための
〈ＳＦ思考〉

われわれが願っているのは奇跡である。車椅子がスポーツカーよりも速く移動すること、医療機器がポータブルになること、指先の動きだけで意志が伝わること、目蓋の動きだけで武器を破壊できること、受肉の奇跡を肉体のいたるところで引き起こすこと、要するに、無力な者に力を賦与することである。われわれが為すべきは、こんな奇跡のために、政治経済を本気で変更することなのだ。

——小泉義之『「負け組」の哲学』

まえがき

未来とは、「予測する」ものではなく「創造する」ものである

本書を手にとっていただきありがとうございます。

本書は、SFをビジネスに応用した、SF思考とSFプロトタイピングについての解説書であり、SF思考やSFプロトタイピングという比較的新しい概念に関する定義やその成立経緯、社会的な意義や実践方法、事例のサンプルなどを紹介し解説しています。

けれど、ただの解説書というわけでもないので、純粋に解説だけを期待して手にとると、ひどく落ち込んだり、もしかすると、怒ったりもしてしまうかもしれません。

この本は、なんというか、そういう本なのです。

この本は、SFを愛する人、ビジネスを愛する人、そして、未来を愛するすべての人に向けて書かれています。

あるいはこの本は、未来を夢見る人々が、夢見た未来を現実のものとするための書物である、とも言うことができます。

だから、この本ではつねに「未来」というのが一つの大きなキーワードとして参照され検討され続けます。

すべての本がそうであるように、この本は過去から未来に向かって書かれました。

わたしたちが生きる現実というものは現在から未来に向かって進み、その逆はありません。しかし、本の中にある時間というのは不思議なもので、書かれるときは現在から未来に向かって進むのにもかかわらず、読まれるときには既に過去のものとなっており、そこでは読者はつねに、未来から過去に向かって進むことで未来を知る、というねじれた構造があります。わたしはそのことを、とてもおもしろいことだと思います。わたしたちは、言葉の中では未来を先取りすることができ、言葉によって書かれた未来の世界から、過去としての現実の世界を振り返ることができる。そういう構造が、あらゆる本を本として成立させています。

わたしがこの文章を書いているのは二〇二〇年の七月。

そしていま、あなたがこの文章を読んでいるのはいつでしょうか。

二〇二一年？　二〇二二年？　それとも三〇〇〇年や一三〇〇〇年だったりもするのでしょうか。

これはもちろんつまらない冗談にすぎないのですが、いずれにせよ、いまのあなたから見て過去人であるいまのわたしにとって、いまのあなたが未来人であることに変わりはありません。

それは当然のことであり、そこにはなんの不思議もないはずなのですが、過去人であるわたしにとってはそのことが、まったく奇跡のようにも思えます。

わたしの言葉――あなたにとっては過去のものでしかないはずのわたしの言葉――が、未来のあなたに届き、未来のあなたの思考の中に分け入り、そして、未来のあなたのさらなる未来をかたちづくっていくことを、とても不思議で驚きに満ちたことのように思うのです。あたかもそれは、奇跡という言葉でしか言い表せられないような。

そして本書は、そのように、素朴な事柄から驚きを見つけることを、何よりもまず大切なこととして取り扱います。

SF作家という仕事、ITコンサルタントという仕事

いきなり語りはじめてしまいましたが、はじめてわたしの名前を目にする方も多いと思いますので、ここで自己紹介をしておこうと思います。

わたしの名前は樋口恭介といいます。これはわたしの父親が与えてくれた本名で、ペンネームは持っていません。わたしは二〇一七年に「ハヤカワSFコンテスト」というSF小説の賞で大賞を受賞し、以降はSF作家として活動しています。それ以前はコンサルティング会社でITコンサルタントとして過ごしており、それ以降は兼業で、昼はITコンサルタントとしてコンサルティングを仕事とし、夜はSF作家としてSF小説を書くこと

を仕事としています。

ITコンサルタントという仕事とSF作家という仕事は、わたしの中では密接に関係しているのですが、どうやら一般的にはそうではなく、SF作家の立場でコンサルティングの話をすると驚かれ、コンサルタントの立場でSFの話をすると驚かれることが多くあります。

わたしはそのことがずっと不思議で、一度、自分の中にあるSFとコンサルティングの関係について、ちゃんと言語化して紹介したいと考えていました。わたしにとって、SFとコンサルティングはとても近いもので、それらはほとんど同じだと言っても過言ではなく、SFの想像力はコンサルティングやビジネス、あるいはそれにとどまらない社会課題の解決などにも役に立つものだし、また、わたしにとってコンサルティングとは、SF的であるべきだとも思うからです。

この本は、そうした背景と経緯、つまるところ、個人的な問題意識に基づいて書かれています。だから、SFに興味がある人、コンサルティングやビジネスに興味がある人、あるいはその両方に興味がある人には楽しんでいただける本になっていると思います。もちろんそれは、SFにもコンサルティングにもビジネスにも興味がない人が楽しめないということを意味しません。きっと、楽しんでいただけると思います。なぜなら、SFもコンサルティングもビジネスも、すべての人にとって無関係なことではないからです。そして、あわよくばそんな人たちが、この本を読み終えるころには、SFを現実として、現実をS

Fとしてとらえなおす視点を持てるようになっているといいな、と思いながら、わたしはこの本を書いています。

未来を実装するための試行モデル作成

この本は、ひとまずは「SFプロトタイピング」を題材にした本である、と言うことができます。「SFプロトタイピング」とは、SFを用いてプロトタイピングを行うことです。

プロトタイピングとはもともとデザインシンキングの用語で、要件定義や設計を行ってから実装をするのではなく、紙やペンやカード、ブロックや段ボールといった、手元にある道具を使って、プロダクトの実装イメージを手軽にシミュレーションし、実際に物を動かしながら具体的な完成イメージを模索していく、という手法です。アジャイル開発などとともに近年注目されており、デザイン会社やスタートアップだけでなく、大手のIT企業やメーカーなどでも普通に使われる手法となりつつあるので、この本をお読みの方の中にも、実際にプロトタイピングを用いたプロダクト開発を行ったことのある方も多いのではないでしょうか。

そして、そうした方々は、プロトタイピングという手法が、手法としては新しいものであるとは言っても、それはアイディア自体に新しいものをもたらすものではない、ということを、きっとよくご存知でしょう。

既存のプロトタイピング自体はとても有用な手法ですが、手法は手法としてのみ有用であり、手法以外のものにはなりえません。手法であるプロトタイピングは、手法が従属する前提である目的自体を生むことはなく、また、目的自体を破壊することもありません。目的が誤っているとき、目的が効果的でないとき、あるいは目的自体が定義されておらず存在していない場合などは、目的を遂行するために採用される手法は無力であり、また、ときに手法の実施は有害ですらあります。

ですから、本書における「SFプロトタイピング」は、「プロトタイピング」という題材を扱いつつも、「SF思考」という考え方のほうに主な焦点を当てることで、「SF」の力を借りることで、可能な限り、プロトタイピングの「手法」としての側面からは離れ、大きな「目的」について考えることを目指して書かれています。大きな「目的」とは、ここでは仮に、「未来」と呼ぶことにします。

この本は、SFよりも、プロトタイピングよりも、何よりもまず、未来を考えるための本です。

未来について考えるのではなく、未来のために考えるのでもなく、未来そのものを考えるための。未来という、奇跡のような言葉のための。

未来を考えるとき、自分がどのように考えているかということを、あなたは――いえ、あなたを含めたわたしたちは、一体どれだけ知っているのでしょうか。

そして、未来を考えるための既知の方法を使って、わたしたちはどれだけ、自分のほしい未来を、頭の中に思い浮かべることができるのでしょうか。

そもそもわたしたちは、「未来」という言葉をどのように使い、その言葉の中にどのような風景を見ているのでしょうか——身体のサイボーグ化、遺伝子編集による環境適応、インターネットへの意識のアップロード、不老不死、仮想空間を永遠に生きること。あるいは空飛ぶ車に乗ること、宇宙旅行、透明なチューブが張り巡らされたメガロポリスの建設、等々——未来についてあなたが、あるいは現時点でのわたしたちが想像しうるものは、おそらくそういったものでしょう。

わたしたちはそれをどこかで目にしたことがあり、時代はそこに向かって進んでいるのだと思っている。そこにはなんの疑問もなく、あたかもそれが必然であるかのように考えている。

もちろん、それらのことがらが未来であることには違いありません。いまはここにはなく、しかし、いずれここにあることが可能であるものが未来だとするなら、それらのことがらが未来の一つであることは確からしい。

けれど、未来はそれだけであるわけではありません。本書はそうした立場をとり、本書はあなたに、〈別様の未来〉を見続けるよう働きかけます。過去のSFに描かれたすべての未来が現実化したわけではないように、これからSFに描かれるすべての未来が現実化するわけではありません。しかし、それは無意味なわけでもありません。むしろ、現実のものとはならない「もう一つの未来」の存在を知ることこそ、未来を考えるためには最も有意義なことだとすら言えます。

SF思考、あるいはSFプロトタイピングとは、単一の未来を先取りするための手法なのではなく、複数の未来のうちから「ありうる未来」を幻視するための手法です。もっと詳しく言えばそれは、既定路線を進む現実の中に意図的に事故を紛れ込ませ、つまらない現実を攪乱する手法、あるいは、あなたがあなたのまま、あるがままに思考し、あるがままに語ることを後押しすることで、あなたが本当に望む未来を描くための手法なのです。

人間の思いつきこそが、かつては「未来」と呼ばれていた

未来には、人間の思いつきによって切り拓かれる余地がある、という性質があります。未来は、待っていれば自動的に変化し訪れるようなものなのではなく、人間が、何かを創り、環境に働きかけることで立ち現れてくるものです。

唐突に聞こえるかもしれませんが、そもそも、わたしたちが先ほど思い浮かべた、空飛ぶ車などの未来の姿というのは、自然に生まれたイメージなどではなく、また、この地球上で自然に生まれるものでもありません。海や川や森や草原に息づくあらゆる生命のうちから、突如としてスマートフォンが生まれ出るということはありえません。仮に無限の時間があったとして、テクノロジーというのは、無限に待っていれば必ず現れるというもの

ではないのです。

テクノロジーは、人の頭の中で想像されたものであり、そして人の手によって創造されるものです。そしてそれは、必ずしも線形に発展するものでもありません。テクノロジーのうちには、ある特定の人間のある特定の思考――ひらめきと呼ばれる突然のビジョンによって、論理的には説明のつかない仕方で生まれ出る、偶然の産物が含まれ、それはしばしば「イノベーション」と呼ばれています。

ロケットにせよ、ロボットにせよ、インターネットにせよ、それがなんであれ、それを想像した最初の人というものが必ずいた。テクノロジーはつねに、ふとした人間の「思いつき」を媒介にして発展し、そうした思いつきこそが、かつては「未来」と呼ばれていた。

もちろんそのとき思い描かれた未来の姿というのは、当然ながら過去にとっての未来であり、既に紋切り型とも呼べるものですが、ここで重要なのは、未来そのもののありかたではなく、「人は未来を想像し、創造することができる」ということです。

いまここに生きるわたしや、いまここに生きるあなた。いまここに生きるわたしたちは人間であり、わたしたちが人間である以上、わたしたちにも、過去の人々が持っていたのと同様の、「想像力」と呼ばれるひらめきの力と、「創造力」と呼ばれるひらめきを追求する力が与えられています。

わたしたちが未来というとき、わたしたちは過去に思い描かれた未来を追い求めることをしがちですが、わたしたちはわたしたちにとっての――現代にとっての――わたしたちのための未来を持つことができます。わたしたちがそれを持つことができないのは、ただ単に、わたしたちがそうすることができないと、そうする力を持っていないと、思い込んでいるだけなのです。わたしたちは忘れやすく、そして自信を失いやすく、自分の力を過小評価してしまい、自分には「ゼロから何かをつくる」ということなんてできないと思いこんでしまっているだけなのです。

過去に既に想像されたものをもう一度想像しなおすこと。いまという地点から、過去にとっての未来の景色を、実装しようと試みること——もちろんそれも、「未来を考える」ための一つの方法です。

しかしそうした仕方とはまったく異なる、別様の未来の可能性も、わたしたちには考えることができる。わたしたちがいま未来と思っている「可視化された未来」も、現在のわたしたちが思いついていない「不可視の未来」も、わたしたちに思考されるものであるという意味では同じもので、「可視化された未来」もかつては「不可視の未来」だったと言えるからです。未来を予見することとは、「不可視の未来」を「可視化された未来」に置き換えていく営みです。そしてそれは、人の思考によって実現することができる。一言で断言してしまえば、わたしたちは未来をつくることができる。わたしたちにはその力がある。そうした力があるにもかかわらず、現実にわたしたちがそうできていないのはただ、わたしたちに、少しの勇気ときっかけが足りていないからです。だから、まず何よりも必要なのは、勇気です。やったことのないことに対して、やる前から、不可能だとか、無力だとか、過剰に悲観的になる必要はありません。

一度、すべての知っている事柄をかっこの中に閉じ込めて、原理的に考えてみる。そのようなことをする機会は、多くの企業人にとってはそれほど多くはないかと思いますが、慣れ親しんだ考え方を捨て去り、まったく新しい仕方で考えてみるということは、イノベーションのための大きなきっかけになります。

馬車の発想から逃れられないうちは自動車を発明することはできない

たとえば自動車がなかったころには、誰も自動車には乗りたがりませんでした。しかし、それはもちろん当たり前のことだと言えます。なぜなら人は、自動車がない世界に生きていれば自動車のことは知り得ないからです。ないものについては何も言うことができず、また、何も考えることができなければそれに対する欲望も生まれ得ず、それが便利かどうかの評価を下すこともできません。

自動車が移動手段として普及する以前は、馬車が都市を埋め尽くしており、人は都市から都市へ移動するために馬車を使い、そしてそれが当然だと思っていました。

しかし、いまではそうではありません。自動車が発明され、普及し、そのイノベーションが市場を根底から覆したことで、馬車を市場から完全に締め出したからです。

イノベーションとは、要するにそういうことです。

馬車をどれだけ改良して発展させても自動車にはならない。馬車の発想から逃れられないうちは、自動車を発明することはできないのです。そして、それと同じように、自動車をどれだけ改良して発展させても飛空艇や宇宙船が生まれることはない。

もう少し例を紹介しましょう。

日本企業は、二〇世紀の後半頃までは、とてもイノベーティブな製品開発を行ってきたということが知られています。ソニーのウォークマンはその典型です。「街に出て音楽を聴く」ことを可能にしたウォークマンは、それまでの「どこかにとどまって聴く」という音楽の聴取体験を根本から変えてしまうものでした。そしてウォークマンもまた、既存の製品の「改良」や、「前例踏襲」や、「顧客ニーズ」からは離れて、ソニーの社員が「ただ自分がほしいからつくってみた」ものだったということが知られています。ウォークマンの事業化にあたっては、製品企画会議に出席した営業部門や販売部門のメンバーは総じて反対したそうですが、その後の顚末は言うまでもなく、大成功に終わりました。

日本が誇るイノベーションとは、マーケティングドリブンでも技術ドリブンでもなく、単に自分がほしかったから、という理由で生まれたものだったのです。市場に合わせるのではなく、社会に合わせるのではなく、他人に合わせるのではなく、市場を、社会を、他人を、「自分に合わせる」という、ある種自己中心的とも言える楽観主義が、そこにはありました。

一方で、日本のビジネスシーンは二一世紀に入ってから停滞しています。そこにはバブルの崩壊だとか、経済政策の失敗だとか、少子高齢社会の進行だとか、グローバル化だとか、さまざまな要因があるのですが、何よりもまず、直接的な要因としては、誰もが一斉に「自己中心的な楽観主義」をやめてしまったことだとわたしは思います。自分の欲望を忘れ、遊び心をなくし、反対を恐れない攻めの事業をやめ、前例踏襲を前提とする改良志向に舵を切り、縮小再生産を繰り返し、未来を見るのではなく、かつてはあった栄光のノスタルジーに浸ることをよしとする雰囲気が、日本企業からイノベーションを奪ったのです。

過去をなかったことにはできないが、未来を変えることはできる

でも、と、わたしは本書を通してあなたに言いたい。

自信を持って、でも、大丈夫、と。

本書は未来を悲観するために書かれているわけではありません。

わたしは未来を信じており、そして、未来の前に生きるわたしたちのことを信じています。

そう、わたしたちは大丈夫。まだ大丈夫。まだすべてが終わってしまったわけではない。まだ取り返しがつかないわけではない。少なくとも、こんな本が出ているうちは、わたしのこんな言葉があなたに届けられているうちは、まだすべての希望が潰えたわけではない。

手前味噌ながら、わたしはこの本を書きながら、そんなことを思っています。

もちろん前述したとおり、とても残念なことながら、いまでは、それが一時的なものであれ、わたしたちの目の前で未来は止まってしまっている。

そして、わたしたちは止まってしまった未来を、なかったことにはできない。

わたしたちはそうした認識をもって、そこからわたしたちの未来を始めなければならない。

世界は既にここにあり、わたしたちはそれを、はじめからやりなおすことはできない。世界を、未来を、その宇宙のはじまりの場所から、〈起動〉することなどは、わたしたちにはできはしない。

しかし、わたしたちはここから、止まってしまった世界から、わたしたちの未来を、〈再起動〉することならできる。未来は現在の先にあり、現在の影響を受けながら立ち上がる。未来は過去のわたしたちに縛られる一方で、現在のわたしたちが能動的に関わることができる世界の名です。これは非常に素朴なことで、子どもでもわかる（子どもだからこそわかる）ようなことですが、同時に、忘れてはならない、とても大切なことでもあります。

現在、わたしたちが見ている現実の社会は人の手によって、過去から現在に向かって作り上げられてきたものです。ここから言えることは、社会は可塑的で、変更可能なものであるということです。

社会は人工物で、可塑的なものであるために、現実は変えられるのです。

そのために、わたしたちは、未来は変えられると言うことができる。

未来は、わたしたちの手によって、ここから始めなおすことができるのです。

わたしは、そういう確信を持っています。

未来を「予測」することは原理的にできない

ここまで、さまざまな前提についての説明もなしに、一気に話してしまいましたが、ここで一度立ち止まり、「未来を考える」とは一体どういうことなのか、順を追って、あらためて確認してみましょう。


未来と一口で言っても、そこには大きく分けて二つの側面があります。

一つには、一人の人間の目線で直観される「主観的な未来」。

そして二つめは、その人間を取り巻く地球や惑星規模で起り得る物理法則に則った「客観的な未来」です。

それらは同じ「未来」という言葉をあてがわれた事象ですが、その性質はまったく異なるものです。

学術的に厳密に言おうとすれば、相対性理論や量子力学、カオス理論といった物理学の理論にまで及ぶ話かもしれませんが、ざっくり言ってしまえば、前者の未来とは「人が夢見る未来」であり、そして後者の「物理法則によって引き起こされる未来」として言い表される「未来」は、必然性をもって、いつか、いまを生きるわたしたちにとって、コントロール不可能な、強大な力を持った、神にも似た、まったくの「他者」として立ち現れてくるものです。

未来について想像しようとするとき、後者のような、必然的で、「コントロール不可能な未来」は、人間の目線で見たらリスクの話でしかなく、人間がそのリスクにどう対処するかという話になってしまうので、あまり明るい話になりません。わたしたちが「コントロール不可能な未来」を予測し、それに抗おうとする限り、わたしたちはつねに「未来」に裏切られます。巨大な「未来」の前では、わたしたちは無力な塵として消えていくしかありません。どれだけ未来を予測しようと試みようとも、予測された未来に向かってわたしたちができることというのは、それほど多くはないのです。

それに、そもそも「未来」というのは、予測することなどできないものなのです。

たとえば、古典物理学は、局所的に成立する事象が論理的に整合的であれば、それは延長可能であるという前提で物事を処理しようとして発展してきました。しかし、そうした試みは既に挫折に終わっています。対して代わりにあらわれた現代物理学は、世界が非線形に進むことを明らかにし、直線を延長した先、ある閾値を超えたときに、それまでとは質的に異なる事象が発生する〈創発〉という現象を明らかにしました。現代物理学は、この世界が古典物理学的な線形モデルのみでは解明できず、限定的な線形モデルと随時発生する非線形モデルの組み合わせによって成り立っていることを突き止めたのです。そうした現代物理学の分析と主張は、現時点では妥当であると言え、そのため世界は論理的にはとらえられず、線形モデルのみに依存する思考では、未来をうまく描画することは、原理的に不可能なのだと考えられます。

世界はカオス的に複雑に分岐していきます。ある一つのなんでもないできごとやなんでもない選択が、長期的な視点では大きな変動へと連なってゆき、そうした世界にあって人は、いつのまにか、当初は予想だにしなかったとんでもない場所に連れていかれている――歴史を振り返れば、そうしたできごとがいままでに何度も繰り返されてきたのだと、すぐにわかります。

以上を踏まえ、本書は未来を、「予測」するものではなく、「Speculation＝スペキュレーション（思弁／思索／投機）」すべきものととらえます。たとえ部分的にであったとしても、未来を人工的に創ってしまうことで、現在を想像力と科学の力によって書き換えることで、予測される未来の到来そのものを攪乱すること。それが本書をつらぬく、基本的な着想です。

ところで、世界で最初にSFプロトタイピングという概念を提唱した、SF作家でありフューチャリストのブライアン・デイビッド・ジョンソンは、「未来予測」と「未来への脅威への対処」に役立つものとしてSFプロトタイピングを位置づけています。

そのため、本書を手に取る以前より既に「SFプロトタイピング」という言葉を聞いたことのある方は、もしかしたら、本書もまたジョンソンにならい、「未来予測」と「未来への脅威への対処」の方法について書いた本だと思われているかもしれません。

しかし、本書でこれから説明するSFプロトタイピングはそれとはまったく異なるものです。

著者としてあらかじめ本書の立場を表明しておくと、実のところ、わたしは「未来予測」にも「未来の脅威」にも興味がありません。

前述のとおり、わたしは「未来予測」などできはしないと考えており、また、「未来」を恐れ、恐れから行為を起こすことはあまり好きになれません。わたしは自由を愛しており、恐怖に縛られ自由を手放すことは、わたしの志向に反するからです。そのため本書は、ジョンソンの提唱する「SFプロトタイピング」のありかたとは立場を大きく異にするものです。

本書において、わたしが「SFプロトタイピング」という言葉を使ってテーマにしようとしているのは、後者の「物理法則に従って訪れうる未来」ではなく、前者の「人間によって直観される未来」としての「未来」のことです。

「本当のイノベーション」が失われつつある

いまでは「イノベーション」という言葉がさかんに言われるようになって久しいですが、イノベーション＝技術進化は、あらゆるものごとを抜本的に変革してしまう、「本当にイノベーティブなイノベーション」と、既に存在するものごとの枠組みの中で、ものごとを効率化したり、速くしたりするといった「プロセスのイノベーション」に分けられます。

言うまでもなく、求められるべきイノベーションは、前者のイノベーション――世界のすべてを抜本的に変革してしまうような、「本当のイノベーション」のほうです。しかしながら、前者のイノベーションは、いまではもうほとんど起きていないのではないか、というのがわたしの理解です。本当のイノベーション、ゼロから何かを生み出すこと――それは、たとえば、極端なことを言えば、言語が存在しなかったところに言語を生み出したり、言語を応用して文字を発明したり、火を発見して応用したり、電気を発見して応用したりするということです。

物理学者の池内了は、『科学・技術と現代社会』のなかで、「二〇世紀前半の特質が「重厚長大」であったのに対して、後半は「軽薄短小」の産業構造が中心となる」と指摘しています。二〇世紀の中頃までは、「国家の威信をかけた、国策としてのビッグサイエンス」が科学技術進化のメインで、国がこぞって技術開発を行っていました。たとえば一九五七年にソ連が初めて人工衛星のスプートニク一号を打ち上げ、その一ヶ月後に犬を乗せた宇宙船、スプートニク二号を打ち上げたのち、今度はアメリカが人工衛星を打ち上げました。当時は東西に分かれた諸国家が、次々と、相手の度肝を抜けるような技術開発に邁進していたのです。

また、二〇世紀前半までの文明は、技術進化において「発明」という言葉が多く使われていましたが、二〇世紀後半以降は「開発」という言葉が多く使われるようになりました。それはつまり、技術進化というものが、何かをゼロから生み出すというよりは、既にある分野の領域を開拓するという意味合いが強くなり、ハードな革新からソフトな革新へと移行しているということです。

デザイン・コンサルタントの池田純一は、『ウェブ×ソーシャル×アメリカ』のなかで次のように指摘しています。

気にかけるべきは、ウェブやコンピュータに関わる新たな商品の考案が「発明」ではなくもっぱら「開発」と呼ばれるようになったことだ。つまり、物理的なモノをいじくり様々な技術をかけ合わせることで予期せぬものが「発明」されてしまうのではなく、既にあるコードを活用しユーザーの利用意向に応じて手元にある資源から何かが「開発」されるようになった。見通しが全く立たないところで何かが発見されたり発明されたりするのではなく、まさに都市の中で既に目の前にある不動産が「開発」されるように、予めある制約条件の下で新たなウェブサービスが「開発」されるようになった。突き詰めれば、

Web 2.0が示したパラダイムとは、このようにウェブの中でソフトウェアをいじりコードを書き換えることがビジネスの中心になるということだ。（四二頁）

イノベーション＝技術進化と聞いて、二〇二〇年代に生きるわたしたちがまずまっさきに思い浮かべるのは、つまるところソフトウェア開発のことでしかなく、いま起きているイノベーションとは、ソフトウェアを用いた、既に存在するプロセスに対するイノベーションばかりなのです。かつて未来の象徴だった二一世紀にたどりついたわたしたちは、何かの作業を短縮するとか、物を小さくするとか、動きを速くするとか、自動化するとか、値段を安くするとか、そういうことばかりに拘泥しています。

これまでに一度も経験したことのない、まったく新しい「本当のイノベーション」というのは、いまでは「イノベーション」という言葉の対象になっていないのです。

わたしたちは既に存在する制約事項によって思考を狭められており、本来広い意味を持つはずの概念の適用可能な領域を狭め、そしてそれによってまた、自らの思考を狭めてしまっています。わたしたちは、現状を変えてしまうような突飛な考えを持たないように、自らに制約を課し、普段から思考や言動や行動を律しているのです。

「科学的管理」というイデオロギー

もちろん、そこにも一定の合理性があります。制約というのは、何かを安定的に運用するために存在しています。制約があるからこそ、近代社会は長期的に安定的な稼働を実現しており、わたしたちは安心して、規則正しい生活を送ることができます。

わたしたちは衛生管理の行き届いた病院で生まれ、定期的に予防接種を受け、ある程度の年齢に達すれば学校へ行き、教育を受け、病気になれば病院で治療を受け、教育期間が終われば会社に就職します。お金を稼ぎ、結婚をし、子どもをもうけ、新しい家族をつくり、働けなくなれば介護を受けながら余生を過ごし、最後はふたたび、病院で一生を終えてゆきます。そうした安定的な人生を構成する要素のすべては、近代社会がもたらした「制約事項」の力によるものです。

「科学的管理法」の発案者であり、世界で最初のコンサルタントとも呼ばれるフレデリック・テイラーは、時計を片手に労働者たちの仕事ぶりを観察し、作業工程一つひとつを可視化し、どこに時間がかかっているのか分析し、それらの作業を圧縮したり無駄な工程を省いたり就業規則を整備したりすることで、徹底的な効率化と生産性の向上を実現しました。スキームとマニュアルをことこまかに作成し、労働者をそれに従わせることで、生産に関わる品質・費用・納期は安定し、「誰がやっても同じ」という状態が生み出されました。

テイラーは一九世紀後半から二〇世紀前半にかけて生きた経営学者／コンサルタントですが、彼が打ち立てた「科学的管理」というイデオロギーは、いまなおビジネスの場で生きながらえており、その手法は洗練の一途をたどっています。コンサルタントはビッグデータ解析ツールを売りこみ、行動予測AIを売りこみ、経営者は新たなマーケティング手法に飛びつき、ダッシュボードでわかりやすく可視化された在庫管理システムを導入することに血道をあげています。

昨今流行りのデジタルビジネスの分野では、「モダナイゼーション」という言葉が喧伝されますが、それは何も新しい概念などではなく、テイラーが生きた一九世紀から続く、「近代」の思想なのです。

「モダナイゼーション」の名のもとに、あるいは「近代化」の名のもとに、今日も労働のための労働が一人歩きし、制約のための制約が一人歩きし、次々と新たな計画が生み出され、KGIやKPIが生まれなおし、労働者たちはそれらの数字の達成に向かって、なんの意味があるのかは実際にはよくわかっていない会議を開催したり、数字を集めたり、進捗ツールに数字を入力したりしています。けれど、彼らはそれが自分たちに与えられた仕事だと思っており、それが仕事である以上はそれをやる必要があり、また、それさえやっていれば自分は自分の仕事を達成しているのだ、という安心感を得ることができます。制約はわたしたちを束縛することで、代わりにわたしたちに安心を与えます。わたしたちは制約のなかを生きることで——個人の自由を政府や社会や市場に差し出すことで——かつて求めた安全と安心を得ることができるのです。
けれど――とわたしは思います。

けれど、おそらくはそれだけではだめなのです。


生きるということにとって、安心はある程度必要な要素ですが、それは生きることのすべてではありません。わたしたちはむしろ、過剰な安全と過剰な安心のなかで、自らを、自らの生から遠ざけてしまっているとも言えるのです。

これは一体どういうことなのでしょうか。

もう少し、「モダナイゼーション」という言葉、あるいは「近代」というイデオロギーについて考えてみましょう。

文明発展とともに人類は機械のように画一化した

そもそも、あらゆる文明というのは、死を遠ざけるために発展してきたと言って過言ではありません。そして、文明の例に漏れず、西洋近代文明もまた、社会の構成員一人ひとりの死亡率を下げ、寿命を延ばすことを目的に、規則をつくり、犯罪を取り締まり、生産性を安定化させ、健康管理を徹底するよう試みてきました。

法が細分化され、多くの工場が建てられ、多くの学校が建てられ、多くの病院が建てられてきました。そうして多くの仕事は分業化され、労働者たちは、自分がやっている仕事にどんな意味があるのかわからずとも、隣の人がどんな仕事をしているのかわからずとも、とりあえず、割り当てられた作業をこなしていけば生きていけるようになりました。

国には法律があり、会社にはマニュアルがありますが、わたしたちは、そこに書いてあることのすべてを、そこに書いてあることがどんな意味を持っているのかということを、すべて理解する必要はありません。あるいはもしかしたら、何一つ理解していなくてもかまわないかもしれません。社会生活を送る上で、会社員として働く上では、そんなものを知っている必要はなく、わたしたちはただ、専門家や上司や担当部署など、「それを知っているとされる人の言うこと」に従って、機械のように動いていればいいのです。

何も考えず、何の疑問も持たず、ただ時の流れるのに身を任せ、言われたことだけをやり、生きて死んでいくことで、それで社会はこれまで通りに回っていく――近代という仕組みは、そのようにしてわたしたちに、ただ単に生きて死ぬことを働きかけます。近代というのは、言い換えれば、すべての人間を、計算可能で予測可能で管理可能で、絶えず同じ運動を続ける、合理的な機械のように画一化しようと試みたプロジェクトなのです。こうした生き方が、望ましいものかどうかというのは、もはや言うまでもないことでしょう。

わたしたちは当初、死を遠ざけるために文明というプロジェクトをはじめたのにもかかわらず、振り返ってみれば、いまでは反対に、わたしたちは文明を発展させていくことによって、わたしたち自身の生を遠ざけてしまっている。

もちろんこれは、状況を単純化し、戯画的に描いているだけなのですが、かといってすべてがフィクションであるわけでもありません。いま多くの人に起きていることの本質は、要するにこのようなものなのだと、わたしは理解しています。

意味や価値のわからない「仕事」を再生産し続ける「制約事項」

ここで一度、あなたが勤める会社における、あなた自身の仕事のことを思い出してみてください。

たとえば、すべての作業にはアウトプットが存在します。プロジェクトを開始する際には作業が定義され、作業ごとにKPIが定義されます。

しかし、その「アウトプット」がなぜ必要なのか、誰のために、どんな理由から必要で、それがいつどこでどんな状況で何を生むものなのか、しっかり説明できる人はいるでしょうか？「KPI」をなぜ定義する必要があるか、そのKPIがそのKPIである必然性はどこにあるのか、説明できる人はいるでしょうか？ そもそも、あなたがやることになっているその作業自体、あなたが所属するチーム自体、あなたが参画しているプロジェクト自体、なぜ行われる必要があるのでしょうか？ それが行われることによって、何がどのように変わり、それは何にとって良いことなのでしょうか？ たしかに良いことがあるとして、それはなぜ良いことだと言えるのでしょうか？ あるいは、それが行われることによって副次的に生まれる悪いことなどはないでしょうか？ ないとして、なぜそれがないと言い切れるのでしょうか？

――こうした問いのすべてに対して、自信を持って答えられる人はそう多くはいないでしょう。

なぜならそれらのことがらは、あらかじめ定められた「制約事項」によって、半ば自動的にもたらされるものだからです。会社はプロジェクトを行う場所であり、作業は必ずアウトプットを出せねばならず、すべての作業はＫＰＩによって管理される必要がある。そうなっているから、そうなっている。そこに、疑問を差し挟む余地はない。そのプロジェクトに意味があるかどうか、アウトプットに意味があるかどうか、ＫＰＩに意味があるかどうかなど、自分にとっては関係がない。クライアントがそれを求めているから、上司に言われたから、前のプロジェクトもそうだったから、そういうものだと思い込んでいる。そもそも、クライアントも上司も、前のプロジェクトのメンバーもみな、理由なんてわからずに行っていたかもしれないのに。

「制約事項」はこのように――生まれた当初はおそらくちゃんとした意味や理由があったにもかかわらず――、時間の経過とともに形骸化し、経緯を失い、根拠を失い、意味や価値のわからない「仕事」を再生産するようになっているのです。

あなたの職場にも、意味のわからないルールや意味のわからない管理指標、あるいは、意味のわからないルールが守られているかどうか管理するための意味のわからない管理指標や、意味のわからない管理指標を適切に守るための意味のわからないルールなどが存在しているかと思います。

「制約事項」は、目に見えるものである場合もあれば、目に見えないものである場合もあります。そのようにして、「制約事項」は、あらゆる場所に入り込み、あらゆる場所に存在し、管理や、管理のための管理や、管理のための管理のための管理といった、理由のわからない新たな仕事やまた新たな「制約事項」を、ひっそりと、しかし確実に、生み出し続けているのです。

「制約事項」に意味が失われたとしても、「制約事項」は「制約事項」を自動的に生み出し続け、謎の仕事は自動的に生まれ続けます。意味や価値がわからなくとも「仕事」を再生産し続け、再生産すること自体を目的として、「制約事項」は存在しているとさえ言えるのです。

わたしたちは、いまはまだ存在していない、まったく新しい未来など思い描かずとも、ただ目の前のルーティンを回していくことで、平穏無事な現状を維持することができる。「制約事項」がそれを可能にし、わたしたちは「制約事項」にしたがって生きることで、わたしたちの人生を安定のうちにやりすごすことができる。

けれどそれは、本当にわたしたちが望んだ世界だったのでしょうか。安全や安心を人質に、働くことへの意義や意志や思考を奪われることが、人間にとって求められるべき正しい状態であると言えるのでしょうか。

おそらくはそれは、人間の生にとって間違ったありかたなのではないか、と、わたしは思うのです。

すべてが機械化され、すべてが計算可能で管理可能で、同じことばかりがぐるぐると再生産される世界が訪れたとすれば、それは歴史の終わりと言えるものです。もちろんそれは極論ですが、近代という思想が行き着く最終的な到達点は、そのようにして、すべてが静止し、何も新しいものが生まれることのない世界なのです。

わたしたちは、歴史の終わりに生きるのではなく、つねに歴史の始まりに生きるべきであり、わたしたちはわたしたち自身の力で、わたしたち自身の歴史を思い描き、わたしたち自身の歴史をつくり、わたしたち自身の歴史を担うべきなのではないか、と、わたしはそう思うのです。

未来は恐れを知らぬ「楽観主義」によって創造される

人類史をひもとけば、かつては、自分が歴史の立役者になるのだという自信と勇気に満ちている人々がいました。トーマス・エジソンやニコラ・テスラ、ヘンリー・フォードなどは、自らの仕事に「開発」という言葉を使わず「発明」という言葉を使いました。いまは存在しないものを存在させ、それによって社会を変え、歴史に自らの名を刻むことへの野心が、かつての発明家たちにはありました。思い返せば、もちろんそこには危うさもありましたが、危うささえも包み込むような陽気さと、未来のリスクや未来への恐怖に打ち克つだけの、大いなる楽観的な精神があったのだと、わたしは思います。

いまとなっては、明るく楽観的な未来というものは遠い過去のものになってしまいましたが、一九六〇年代にはタイムトラベルや宇宙旅行が真剣に考えられていました。

いまもアメリカにはそういう人がたまにいて、イーロン・マスクやピーター・ティールといった実業家などが代表的な例だと言えるでしょう。たとえばピーター・ティールは、ツイッターのようなSNSを「しょぼいテクノロジー」だと認識しており、「ぼくたちは空飛ぶ車がほしかったのに、手に入ったのは一四〇文字だった」というような、皮肉めいた発言をしています。「二一世紀のイノベーションと言っても、その結果出てきたものは無意味な雑談ツールじゃないか」と。

ピーター・ティールは、主著『ゼロ・トゥ・ワン』において、イノベーションには何よりもまず、「楽観主義」が必要なのだと主張しています。彼は、「一七世紀から一九五〇年代と六〇年代までは、明確な楽観主義者たちが欧米を率いて」、当時の「科学者、エンジニア、医師、ビジネスマンが、かつてないほど世界を豊かに、健康に、長寿」にしたのだ、という認識を持っています。

ティールによれば、「明確な楽観主義者は、自らの計画と努力によって、よりよい未来が訪れると信じている」のであり、そして、「僕たちは明確な未来に戻る道を見つけなければならない」のです。

未来は、恐れを知らぬ「楽観主義」によって創造される。そこでは、費用対効果だとか、マネタイズだとか、制度への抵触だとか、過去の経緯だとか、社風だとか、組織の体制などはまったく考慮されません。必要なのは「未来は変えられる」という根拠のない信念と、「自分たちが未来を変えるのだ」という意志だけです。

いまなおそうした楽観主義を、自らの思想と行動の根幹としているマスクやティールは、宇宙に行こうだとか、火星に住もうだとか、空飛ぶ車を作ろうだとか、古典的なＳＦの世界をもう一度取り戻そうと言っています。

そして、誤解を恐れず結論を言い切ってしまえば、二〇二〇年代の日本に生きるわたしもまた、マスクやティールと同じ立場をとっています。

こうした立場に対しては、「技術偏重主義だ」とか「選民主義的だ」といったように批判も多いのですが、少なくとも、現状を追認して何もせずに、全員そろって腐っていくよりは遥かにマシであると、わたしはそう考えています。それは、お金儲けをしたいだとか、地位を獲得したいだとか、目立つことをして他人からちやほやされたいだとか、そういうことではなく、また、社会をよりよくしていきたいだとか、社会のために何か役に立つようなことをしたいだとか、そういうことでもなく、単に、そのほうが楽しそうだからそうしたい、という欲求を強く持っているから、他人の意見や評価は気にせず、自分のやりたいようにやるというメッセージを、強く体現しているからです。楽しそうだからやる、やりたいからやる、という態度だけが、歴史の終わりを破壊することができます。

わたしは、わたしの感じることを正直に声にし、そして、その声をもって、少しでも自分が楽しく過ごせるような未来をつくっていきたいと考えています。止まってしまった時間——安全で安心で、そして、そのまま代わり映えのしない未来に向けて、あらかじめ想定された、型通りの幸福を得ながら過ごすよりも、自分が疑問に思うことを世に問い、自分が自分らしく生きられる世界を、少しずつでもつくってゆくこと——わたしはそういう願いを持つために、そういう立場をとっています。

「考える自由」を取り戻すために

翻って、本書を手に取るあなたはどう思われるでしょうか。

本書を手に取るあなたは、あなた自身の志向／思考において、未来をどのようにとらえ、未来に対してどのような立場をとろうとしているのでしょうか。

ここで一度、こんなことを想像してみてください。

あなたがこれまで当たり前だと思ってきた「制約事項」がなかったとしたらどうでしょう。

「制約事項」を取っ払って、本当になんでもありの世界から、何かを考えてみる、そういう場所があるとしたらどうでしょう。

「制約事項」などという「言い訳」の通用しない、ただ純粋に、「本当にほしい未来」だけを考えるための場所があったとしたらどうでしょう。

誰もが当たり前に宇宙に行けるとか、どこでもドアを開発するとか、平行世界に行けるとか、タイムトラベルができるとか、そういう類のイノベーションを、もう一度、わたしたちの思考のうちに取り戻すこと。イノベーションへのアプローチを変え、未来へのアプローチを変え、そして、わたしたちの手の中に、「わたしたちの未来」を取り戻すこと。

純粋に、自分が「本当にほしいと思える未来」を思い描く自由を取り戻すこと。

そう。本書は、わたしが、あなたが、わたしたちが、「本当にほしい未来」に向かって、考える自由を取り戻すための本なのです。

わたしたちは、わたしたちが生きる時代の、歴史的・社会的・文化的な制約事項に縛られて生きています。わたしたちのふだんの思考様式は、それらに立脚しており、それらに立脚せざるを得ないがゆえに、そのまま何を考えようと、そのまま何を言おうと、時代が求める思考様式から逃れられず、時代の思考様式を再生産してしまいます。

しかし、ＳＦだけは、そこから逃れることができる。少なくとも、そこから逃れようとする意志を持ち続けることができる。わたしはそのことを信じている。

本書で紹介するＳＦ思考やＳＦプロトタイピングは、時代の制約事項を爆破し、時代の思考様式に、無理やり突然変異を引き起こそうとする試みなのです。

そしてあなたは本書を手にとっている。

あなたは本書のページをめくっている。

本書を通して、わたしはあなたに語りかけている。

過去から未来へ。
過去のわたしのうちにある、想像上の未来から、現実のあなたのうちにある、実在する未来に向かって。

いま、過去と未来が交錯する場所で、わたしたちの未来を〈再起動〉するために。

パート1

〈ＳＦ思考〉とは何か？

1 物語の力

総務省が発表した「SF小説」

二〇一八年四月、総務省のサイトにて、一作のSF小説が発表されました。

タイトルは「新時代家族～分断のはざまをつなぐ新たなキズナ～」というもので、二〇三〇年ごろから二〇四〇年ごろの、未来世界の家族のつながりや仕事の在り方が描かれていました。

この小説はプロの作家によるものではなく、総務省「未来デザインチーム」と名付けられた、若手職員二六名で構成されるチームによって書かれたものです。

この作品が描く近未来のイメージは、総務省が二〇一七年一一月から開催している、「IoT新時代の未来づくり検討委員会」という会議の中間とりまとめとして公表した情報通信政策ビジョン、「未来をつかむTECH戦略」に基づくものであり、現実に存在する技術が発展した先にある未来像を描出しています。

そこでは、たとえば仮想的に自由に遠隔地へ行けるVRウェアや、あるいは一〇〇歳でも登山できるパワードウェア／補助外部骨格など、二〇三〇年代までに日本社会が実現を目指す技術が取り上げられており、それらの技術が実生活に溶け込んだ社会が描かれています。

その小説の世界では、各家庭には人型ロボットが導入され、夫婦や子どもたちの生活がロボットにサポートされることで、人々は家事労働から解放され、生活には時間的・精神的余裕が生まれています。家庭に届けられる電力は、人工衛星からの無線送電でまかなわれており、人型ロボットも災害時などに備えて人工衛星からの充電で動作する仕組みになっています。

出勤や登校は移動を必要とせず、ＶＲ技術を用いたバーチャル出勤・登校が認められています。移動時間の節約は、兼業など自由な働き方を労働者たちにもたらしています。発展した技術は高齢者たちを身体的・心理的な老化から救い出し、人々は定年退職後に大学へ通っています。八〇歳を超えて現役として働く「先輩社員」や、足腰を補助する外部骨格を装着してハイキングする一〇〇歳の高齢者が当たり前に存在する、少子高齢社会のユートピアが、そこには描かれているのです。

これは、本書でこれから説明する「ＳＦ思考」「ＳＦプロトタイピング」の一つの姿であり、日本において政府が主導となって試みられた、数少ない貴重な前例だと言えます。

総務省は、本作品について訊かれたインタビューで、次のように答えています。

まず、総務省の若手職員を集めて二〇四〇年ぐらいの未来を検討してもらうという狙いがありました。二〇四〇年ごろ行政の中心的な役割を担っているであろう世代に、自由な議論をしてほしかったんです。政策文書のようなものではなく、小説のほうが若手の思いがダイレクトに伝わるとの思いから今回チャレンジしてみたということです。

（FNNプライムオンライン「おそらく初の試み…総務省がなぜか「SF小説」を発表」）

ワークショップ形式で参加メンバーが各々の仮説を持ちより、自由な議論を行うこと。政策文書ではなく小説というメディアを通じることで、感情レベルでステークホルダーを巻き込もうと試みること。

SF思考をもって、SFプロトタイピングを行うことの狙いやメリットが、ここには凝縮されていると言えます。

物語は「仮説」を共有するためのツール

SFと聞くと、「確からしい未来を想像したもの」「来《きた》るべき未来を予測したもの」と思われる人が多いかもしれません。しかし、本当のところはそうではありません。

SFは未来を予測せず、ゆえに、本書の主題であるSF思考／SFプロトタイピングもまた、未来を予測するツールではありえません。未来とは未だ訪れていないすべての瞬間の名であり、ゆえにそれらは無数に広がるものであり、それらすべての未来を予測することなどできはしないのです。

未来というのは、異なる視点で見られた現在の名であって、それは既に、現在の中に埋め込まれています。それが未来の姿の一つとして見えないのは、ひとえに、わたしたちの目が曇っているからです。しかし、その曇りを自らの意志で取り払うことは難しい。だから、わたしたちは通常、一人では未来を正確に把握することができない。

それでは、ＳＦ思考やＳＦプロトタイピングは、未来に対してどのように関わることができるのでしょうか？

一言で言えばそれは、「創造」することによってである、と言うことができます。

未来は、誰も気づかないうちに漸進的に訪れる一方で、一夜のうちに根本的に世界を一変させてしまうものでもあります。そして、多くの場合、後者のようなドラスティックな変革というのは、創造することによってもたらされます。

生物としての人は翼を持たず、生身の肉体では空を飛ぶことはできません。人はヒレを持たず、長時間海を泳ぐことはできません。呼吸は肺によって行われ、海の深い場所に行くことはできません。時速一二〇キロで走ることはできないし、肉眼では天体の運動を眺めることもできなければ、微生物の運動を眺めることもできません。人が自然とそのようなことができるようになるには、途方もない歳月を必要とするでしょう。

しかし現実には、人はそれらのすべてを成すことができます。自然法則による未来の訪れを待つことなく、想像力によって「ほしい未来」を描き、自らの意志と技術によって、そうした未来を現実のものとしていったのです。

SFの始祖の一人であるジュール・ヴェルヌが言ったとされる言葉に、「人間が想像できることは、人間が必ず実現できる」というものがあります。ヴェルヌの言うとおり、想像可能なものは創造可能なものであり、およそ起きうることはすべて起きるものです。想像というのは、いまだ顕在化していない「起きうること」を、現実のうちに表出させる営みです。わたしたちは、想像することによってはじめて可能性を認識することができ、想像されたものを見ることではじめて可能性に思いを馳せることができます。可能性に一度でも触れ、想像物によって幻視された世界を目の当たりにした人は、もう二度と、それを知らなかったころには戻れません。

そのため、人によって想像され、顕在化された可能性をはらむSFの物語を読んだり書いたりする行為というのは、その時点で未来を創造しているのだとも言えるのだと、わたしは思います。

時代が変わるとき、歴史が動くとき、そこにはつねに、それまでの時代、それまでの歴史からは予想もできない、まったく新たな想像力が介在します。そこでは「実装可能性」や「資金調達」や「組織作り」といった実際的な観点は度外視されています。新しいものを想像するということは、つねに現実から遊離するということであり、要するにそれはフィクションを描くということです。日本のSFで言えば、『ドラえもん』や『機動戦士ガンダム』は当然ながらフィクションであり、既定路線の現実をなぞっていくだけでは絶対に存在しえないものですが、それらは現実から遊離することでフィクションとして存在することが可能なのであり、フィクションだからこそ、多くの人に影響を与え、現実に影響を与えることが可能となっています。それらの作品に触れた子どもたちが、大人になって研究者やエンジニアになり、そしていまでは彼らのような研究者やエンジニアたちの手を介して、フィクションだったはずの『ドラえもん』や『ガンダム』が、現実そのものを、実装レベルで変えつつあるのです。

『ドラえもん』や『ガンダム』の世界をそのまま現実にすることは難しくとも、そこから着想を得たプロダクトやサービス、あるいは生き方、考え方というのは実際にあり、そしてそれは現実の景色を変えていきます。フィクションは現実から遊離したところで描かれますが、それは永遠に遊離しているわけでは決してなく、フィクションは、最後には必ず現実に帰ってきます。フィクションにはそうした特性があり、そしてＳＦ思考／ＳＦプロトタイピングは、フィクションのそうした特性を利用した手法なのです。

ＳＦの物語は、未来を想像／創造し、それまでは決して存在することのなかった概念や道具や風景や社会を創出することで、現実に存在する人々に働きかけ、何もかもを一夜のうちに一変させてしまうような、ありうべき未来の実現に向けて、いま・ここにいる人々を動かす力を持っています。

ＳＦは、小説やコミック、映画のストーリーで未来の世界を描き出し、「仮説」としての「現実のプロトタイピング」を行うための開発ツールだと言えるのです。

人は「虚構」の中を生きている

ところで、人はそもそも、物語を生きる動物です。そういう意味では人は、人であり始めた最初の歴史から、物語を通して「現実のプロトタイピング」を行い続けてきたのだとも言えます。

これはどういうことでしょうか。詳しく見ていきましょう。ただ、少し難解な話も含むので、興味のない人は飛ばしていただいてもかまいません。言いたいことは、「人は物語から逃れられず、いままでもそうだったし、これからもそうなのだ」ということだけです。

人であるわたしたちはふだん、意識的かそうでないかにかかわらず、無数の可能世界のなかを生きています。わたしたちの生きる現実はその名のとおり現実であり、実体を伴って現れ出たものですが、その現実は、実体を持たない多くの〈虚構〉と、かつては実体を持たなかった〈虚構だったもの〉に囲まれています。

たとえばあなたの目の前にあるディスプレイ、あなたがタイプするキーボード、あなたが読み込む文字列。それらは決して、自然が自然に生み出したものではありません。それらのツール、それらの概念は、人がいなければ、自然のうちには決して現象することはなかったはずの人工物です。

そして人工物とは、目に見えるものには限りません。

『システムの科学』や『意思決定の科学』の著者であり、人間の限定合理性と意志決定に関する研究で知られ、ノーベル経済学賞の受賞者でもあるハーバート・サイモンは、人の認知を規定し行動を促すよう「デザイン」された環境のことを「システム」と呼び、そして、「システム」を構成するあらゆる要素のことを「人工物」と呼びました。そこには椅子や机のような道具のほか、住居や公共施設などの巨大な建造物などが含まれるだけでなく、法や制度といった抽象的な概念の束も含まれます。目に見える人工物が、わたしたちの身体の動きを支援し、思考をうながし、行動を方向づけるように、目に見えない人工物もまた、わたしたちの思考や行動を抑制したり促進したりしているのです。わたしたちがそれに対して自覚的か否かは別にして、そうした「システム」としての性質を持つ「人工物」と「人間」の影響関係については、事実として幾多の事例が観測されています。

わたしたちは多くの人工物に囲まれて生きており、人工物に生きることをうながされながら生きており、人工物を通した認識を持って、新たな人工物を作って生きています。人工物は人によって作り出されたものですが、いまでは人工物が人を作っていると言っても過言ではありません。

わたしたちを取り巻く人工物は、いまでは当然ながら実体を持っており、あなたはそれらに触れ、持って生まれた自分の手足のように取り扱うことができますが、かつてはそうではありませんでした。それらが実体を持つまでは、それらは誰かの頭の中にしかない想像物であって、要するに、現実とは見なされない虚構でした。

人が生み出すあらゆるものは、現実化する前は虚構であって、それらを生み出したわたしたちの祖先はみな、虚構の中を生きていたのです。

歴史学者のユヴァル・ノア・ハラリは『サピエンス全史』において、人類は虚構を構築し、虚構を集団で共有することで、一人ひとりが各人の認知限界を超えた、大いなる未来を幻視することで、文明の発展が可能となったのだと分析しました。

ハラリは書いています。

虚構のおかげで、私たちはたんに物事を想像するだけではなく、集団でそうできるようになった。聖書の天地創造の物語や、オーストラリア先住民の「夢の時代（天地創造の時代）」の神話、近代国家の国民主義の神話のような、共通の神話を私たちは紡ぎ出すことができる。そのような神話は、大勢で柔軟に協力するという空前の能力をサピエンスに与える。アリやミツバチも大勢でいっしょに働けるが、彼らのやり方は融通が利かず、近親者としかうまくいかない。オオカミやチンパンジーはアリよりもはるかに柔軟な形で力を合わせるが、少数のごく親密な個体とでなければ駄目だ。ところがサピエンスは、無数の赤の他人と著しく柔軟な形で協力できる。だからこそサピエンスが世界を支配し、アリは私たちの残り物を食べ、チンパンジーは動物園や研究室に閉じ込められているのだ。

—
（上巻、四〇頁）

人は無数の虚構に取り囲まれて生きています。あるいは、人の認識そのものが、そもそも虚構そのものなのだと言うこともできます。

人は目と脳を用いて現実を認識する動物です。目と脳という器官は目と脳という器官であるために、現実そのものでは決してありません。それは器官でありそして機関であるがゆえに、そこには必然的に、インプットとプロセスとアウトプットという関係が生まれます。そして——そのために——、人の目と脳は、あるがままの現実を、あるがままに見ることはできないような仕組みとしてできているのだと言えるのです。

人は錯視を見る生き物ですが、進化神経生物学者のマーク・チャンギージーは、『ヒトの目、驚異の進化』の中で、人の目は、そもそものはじめから、錯視を見るための構造となっていることを明らかにしています。

人の目は前方向に二つついていますが、一方の目を閉じて、他方の目だけで見る風景と、両目で見る風景は異なります。一方の目だけでは絶対に見えなかったものが、両目を開けることで見えるようになります。あなたがメガネをかけているなら、片目を閉じて、視界のうちにあるメガネのフレームの向こう側を見ようとしてみてください。あなたがメガネをかけていないなら、目の前に人差し指を立てて、人差し指の向こう側を見ようとしてみてください。あなたが特殊な能力者でない限り、片目を閉じた状態では、メガネのフレームの奥や、人差し指の奥の風景は、フレームや指などの障害物に邪魔されて見えないはずです。

これは物理的には当然のことのように思えますが、閉じていた目を開けると、不思議と障害物の奥が「透視」できるようになります。

チャンギージーによればこれは、両目がそれぞれ見ている風景を、相互に重ね合わせ、リアルタイムに編集・統合し、仮想的な立体空間を描画することで起きている現象です。わたしたちが両目で見ている景色は、二つの眼球がそのまま見ている景色なのではなく、それぞれの眼球が見ている景色を素材として構成された、「虚構の景色」だと言えるのです。

チャンギージーはこの他にも、人の目が持つ機能――あるがままに見るのではなく、つねに何かを付け加えたり取り除いたりしながら見るという機能――を分析し、人の目は、現在を知覚するために未来を先取りするメカニズムを備えている、といったことを書いています。人は、そもそもいま・ここにある現実そのものを虚構としてしか見ることができないし、さらには、虚構として描き出される未来との関係性においてしか、現実を描画することができないのだ、とチャンギージーは主張します。

このようにして、人は、人という生体構造を持つ限りは、多重の虚構を生きざるを得ないのだと言えます。人は目に映るものをそのまま受け入れるのではなく、認識を可能とする身体機能の仕組み上、原理的に、情報を解釈し、補完し、拡張し、存在しないはずの情報を想像し、総合的な情報を現実として再統合し、現実を創造することで、現実に触れています。要するに、人が現実に触れていると言うとき、その現実とはつねに、虚構としての現実なのです。

人は虚構のなかを生きる。人は虚構から逃れることはできない。

そしてそれはむろん、いまという時代を生きるわたしたちにとっても変わりません。わたしたちもまた、頭の中にそれぞれの虚構を生きており、さまざまなかたちで虚構を表象することで、漸進的に、目の前の現実を刷新しながら生きています。

多くの人は、現実と虚構を異なるものとして弁別しようとしますが、人は原理的に、それらを厳密に切り分けることができません。現実の中で生きるわたしたちが虚構を生み出すのと、虚構を生きるわたしたちが現実を創出するのはほとんど同義のことがらであって、わたしたちは、虚構を通してしか現実に触れられないのです。

そのために、わたしたちは未来を見通そうと試みるとき、多かれ少なかれ、それが形式的なものであろうとそうでなかろうと、虚構の力を借りて、目の前の既知の現実とは異なる、もう一つの現実を立ち上げようとします。

マーク・チャンギージーの言った「各個人がその目で見ている虚構」を、ユヴァル・ノア・ハラリの言った「物語＝集合的な虚構」とし、そして、それを――ハーバート・サイモンの言う――実体のある「人工物／システム」とするために、人は、虚構を語り、虚構を書き、虚構を複数人で共有し合うのです。

強いビジネスにはつねに強い物語がある

このように、人は虚構の物語を生きる存在であり、虚構の物語から逃れられない存在であり、ゆえに、虚構の物語に強く惹かれる性質を持っています。そしてそうした人の性質は、さまざまな場面で、呼称を変え、見た目を変えながら、繰り返し立ち現れてきます。それは、一般には「物語」と程遠いと考えられているビジネスという分野も例外ではありません。

ここではビジネスとストーリー、そしてそれらを接続する概念としてのプロトタイピングについて確認していきましょう。

プロトタイピングという手法はもともとデザイナーの専売特許で、デザイナーがプロダクトを製作する過程で、手近にある紙やダンボール、発泡スチロールやテープ、ピンやクリップなどの道具を使って、何度もデザインの試行錯誤をすることを指しますが、近年はデザインシンキングの普及により、デザイナーだけでなく、コンサルタントやエンジニア、ストラテジストやマーケターなど、非デザイン畑のビジネスパーソンにも、少しずつではありますが、知られ用いられるようになっています。

本書において、わたしはＳＦプロトタイピングという手法を紹介していますが、最初にわたしがＳＦプロトタイピングに興味を持ったのも、それが「ＳＦ」という、ＳＦ作家としてのわたしが興味をそそられる言葉だけでなく、「プロトタイピング」という、コンサルタントとしてのわたしが興味をそそられる言葉をも冠していたためなのです。

わたしは、ＳＦ作家としてＳＦ小説を書く一方、普段はコンサルティング会社に勤め、デジタル／ＩＴ領域におけるコンサルタントとして活動しており、一〇年ほど、企業に向けて、テクノロジーを活用した事業戦略の企画や事業推進の支援を行ってきました。

そこでは、（少しずつデザインシンキングの考えが広がりつつあるとはいえ）基本的には古典的な「ロジカルシンキング」などのフレームワークを用いたコンサルティングや、課題を定義し、課題に対して施策を検討する「イシュー・ドリブン」型のコンサルティング、あるいはビッグデータを解析して施策に結びつける「データ・ドリブン」型のコンサルティングなどが、いまも主な手法として用いられますが、そうした手法だけで戦略をつくるのは難しいということが、経験的にわかってきました。

それはなぜかと考えたとき、後ほど詳述しますが、人間は感情の動物であり、モチベーションの動物であり、ロジックやイシューやデータだけで、ビジネスに関係するすべてのステークホルダーを束ね、大きな事業を成し遂げていくのは難しいからだ、とわたしは思うに至りました。形式的なフレームワークはどこか冷たい印象を与え、そこには、人の「感情」や「モチベーション」に訴えかける何かが欠けており、それだけでつくられた戦略は、時間が経つにつれ、少しずつ形骸化していってしまい、最初に思い描いた理想のようなものはいつのまにか消え失せ、戦略に込められた願いのようなものは、誰にも思い出されなくなってしまいます。

一方で、SFプロトタイピングは、SFのストーリーを描くことで、未来のビジョンや事業戦略を考えるきっかけとするアプローチです。SFとはフィクションであり、物語であり、言うまでもなくそこでは、人の感情を突き動かす「ストーリー」が重要になってきます。そのためSFプロトタイピングは、既存のフレームワークでは決して成し得ることのなかった、これからのビジネスを創出し、推進するための、一つの「武器」になりうるのだと言えるのです。

以上がSFプロトタイピングの必要性に関する、コンサルタントとしてのわたしの経験に基づく概観ではあるのですが、まだ半信半疑の方のために、以降は、ある一冊の本の内容を紹介してみます。

ビジネスにおいてなぜ「ストーリー」が重要なのか？　それが本当に重要だと言えるのか？　そうした問いと問いへの答えについては、楠木建『ストーリーとしての競争戦略』という本の中で、かなり詳しく語られています。この本には、わたしがコンサルタントとして働くなかで経験的に理解してきたほとんどの事柄――ビジネスにおけるストーリーの効用――が、伸びやかな思考と言葉、それを支える豊富な事例とともに紹介されています。フレームワークやメソッドへの信仰が根深いビジネスシーンに一石を投じる内容で話題になり、ベストセラーにもなった本なので、既に読んだことのある方も多いかもしれません。

少し長くなりますが、「ストーリーでないものが効果的でない理由」と「ストーリーが効果的な理由」がそれぞれわかりやすく書かれているので、ここから引用してみましょう。

戦略の実行にとって大切なのは、数字よりも筋の良いストーリーです。過去を問題にしている場合であれば、数字には厳然たる事実としての迫力があります。しかし、未来のこととなると、数字はある前提を置いたうえでの予測にすぎません。戦略は常に未来にかかわっています。だから、戦略には数字よりも筋が求められるのです。

これまではあまり強調されることはありませんでしたが、ストーリーという戦略の本質を考えると、筋の良いストーリーをつくり、それを組織に浸透させ、戦略の実行にかかわる人々を鼓舞させる力は、リーダーシップの最重要な条件としてもっと注目されてしかるべきだというのがわたしの意見です。インセンティブ・システムなどさまざまな制度や施策も必要でしょうが、そんな細部に入り込む前に、人々を興奮させるようなストーリーを語り、見せてあげることが、戦略の実効性にとって何よりも大切だというのがわたしの見解です。

このところ会社のさまざまなことごとについての「見える化」が大切だ、という話が強調されています。オペレーションのレベルの話で、しかもそれが過去に起こったことのファクトについての話であれば、わたしも見える化に大いに賛成です。しかし、話がオペレーションよりも戦略レベルになると、見える化が本末転倒になってしまいます。

たとえばこういう話です。ある経営者が新興市場への投資を決断しようとしています。

現時点でのオプションとしては中国とインドとロシアがあるのですが、時間と資源が限られているために、まずどこから攻めるか、優先順位の意思決定をしなければなりません。そこでその経営者は戦略企画部門のスタッフを呼んで指示します。「それぞれの市場への投資の期待収益率を出してくれ」。指示を受けた「戦略スタッフ」はリアル・オプションの手法を駆使しつつ、いろいろな前提や仮定を置いて期待収益率をはじき出します。で、社長に報告します。「期待収益率を計算しましたところ、中国は一五%、インドは一〇%、ロシアは五%でした！」。社長は決断します。「そうか、中国にしよう……」。

これは話を極端にしているのですが、実際のところ、戦略的な意思決定をするのに暗黙のうちにこの種のアプローチをとっている経営者は決して少なくありません。これでは見える化どころか「見え過ぎ化」です。因果論理についての深い思考は全くありません。もし本当に戦略がこんなものであれば、子どもでも経営者が務まります。

戦略構想は定義からして将来を問題にしています。起こったことを数字で体系的に見える化しても、その延長上には戦略は生まれません。あらゆる数字は過去のものだからです。日々事実を積み上げていくオペレーションにとっては見える化は武器になりますが、将来の戦略構想ではあまり役に立ちません。まだ誰も見たことがない、見えないものを見せてくれる。それが優れた戦略です。そのためにはストーリーを描くしかありません。戦略をストーリーとして構想し、それを組織の人々に浸透させ、共有するしかないのです。

見える化という思考様式は戦略にとっては役に立たないどころか、ものの考え方が戦略ストーリーの本質からどんどん逸脱してしまいます。戦略にとって大切なのは、「見える化」よりも「話せる化」です。戦略をストーリーとして物語る。ここにリーダーの本質的な役割があります。

（五二頁～五四頁）


ここには、わたしが約一〇年間コンサルタントとして働いてきたなかで得られた実感とほとんど同様の内容が書かれています。

わたしは本書に強い影響を受けており、わたしもまた、本書の言う「ストーリーとしての競争戦略」というありかたこそが、戦略の本質だと考えています。

コンサルティングとストーリーテリング

ここで、一つの思い出話をさせてください。

わたしが大学を卒業してコンサルティング会社に就職し、駆け出しのコンサルタントになったころ、アサインされた先のプロジェクトに変な上司がいて、わたしにこんなことを言いました。

「コンサルティングのフレームワークなんて眉唾だ。フレームワークなんて関係ない。人の思考や感情はフレームワークに沿うようにはできていない。人の思考や行動に影響を与えるのは、本気でそれをやりたがってるかどうかという感情だ。要するに、本気になることが大事なんだ」

わたしは当時、右も左もわからない新人コンサルタントであり、ビジネスというものがどういうものか、仕事というものがどういうものか、コンサルティングというものがどういうものか、といったことを微塵も理解しておらず、上司が何に憤っており、何を主張しているのかがうまく理解できませんでした。

コンサルティングには、仮説思考だとか、ピラミッド・ストラクチャーだとか、MECEだとか、ロジックツリーといったフレームワーク／メソッドがあり、新人研修の際にはそうしたフレームワークやメソッドを用いることを教えられます。

会議での発言やプレゼン、資料やメール、報・連・相においてはつねに「結論から話す」ことが求められ、発言にはつねに定量的な根拠が求められます。事実に基づくことは発言の必要条件ではありますが十分条件ではなく、事実だけを伝えても「だから何？（So What?）」と言われてしまいます。

そして新人コンサルタントたちは徹底的に、それらのフレームワークを用いた思考様式や行動様式を身に着け、現場に送り出され、一人前のコンサルタントとして、クライアントにプレゼンをしたり議論をしたり課題解決に向けて奔走したりすることになります。

コンサルティングに限らず、仕事というのは、あらかじめ決まった答えなどというものはないことが多く、検討の範囲を定義したり、条件を加えたり、不確定的な要素を確定させていきながら、少しずつ、詰将棋のように、解を浮き彫りにしていくものです。

コンサルティングのフレームワークはそうした作業を、ある程度システマティックに、一定の品質で、再現性のあるかたちで様式化したものが多く、それは仕事を進めるにあたってとても役に立つものであるため、もちろん身に着けておくにこしたことはありません。コンサルタントになりたがる人間や、コンサルタントとしてやっていける人間というのは、（わたしも含め）いわゆる「受験秀才」みたいな性質を持った人が多く、彼らはフレームワークやメソッドを、受験勉強のようにして学び取っていきます。少なくともわたしは、学ぶことを楽しんでいましたし、自分が「コンサルタントっぽい」考え方や発言や資料作成ができるようになっていく過程を楽しんでいました。

そうしてわたしはプロジェクトにアサインされ、学んだばかりの「コンサルタントの道具」を現場で使ってみました。わたしは状況をロジックツリーに落として可視化することができましたし、そのツリーがＭＥＣＥになるように整理することができました。ロジックツリーをパワーポイントの資料に落とし込む際には、サマライズして簡易なピラミッド・ストラクチャーに描き直すことができました。リード文には簡潔な結論を書き、ファクトとなる定量的なデータの数々は、アペンディクスとして資料の最後に貼付しました。

そうしてできた資料をもって、わたしはクライアントにプレゼンを行いました。わたしはそのプレゼンが成功することを信じていましたが、結果はその逆でした。

クライアントは、「資料はきれいなんだけど、現場はこういうのを求めるわけじゃないんですよね」と言い、続けて「樋口さんは新人でしょう。まだわからないことも多いと思うので当たり前ですが、もう少し、現実味のある話を持ってこないと、現場の人たちは納得させられませんよ」と言いました。わたしのプレゼンデビューはそれでおしまいでした。会議の決定事項もなければ宿題事項もなく、わたしはクライアントから、対等な立場のパートナーとして認められませんでした。わたしは、学生気分の抜けない、半人前の、コンサルタントのコスプレをしているだけの新入社員として、門前払いをくらったのでした。

わたしは、自分が次に何をするべきかわかりませんでした。わたしは、自分がどこで何を間違えたのかがわかりませんでした。わたしは習ったことをしっかり応用し、前準備をし、万全の状態でプレゼンに臨んだはずでした。

わたしは上司に相談しました。直属の上司は、「それじゃあ現場の人たちにヒアリングして、生の声を集めてくるのはどうかな?」と言いました。わたしはその線で、直属の上司と、「誰にヒアリングするか」とか、「ヒアリング項目はどうするか」とか、アクションを具体化していきました。

上司はわたしに、「ヒアリングをするときは、どこに時間がかかってるかとか、作業手順はどうなっているかとか、定量的な指標だけじゃなくて、どこが大変かとか、どこがやってて苦痛に感じるかとか、定性的なことや感情的なこと、感覚的なことも訊かないとダメなんだ」と言いました。「むしろそっちのほうが大事。実際働いてるのは人間で、人間は感情的な生き物なんだから、クライアントの感情に寄り添わないコンサルタントは本物じゃない。コストを削減したり、業務を効率化したりしても、作業者が大変だと思ってるところや苦痛だと感じてるところが残っていたら意味がないんだよ。だから、ヒアリングでは、定性的なところ、感情的なところを確認するべきなんだよ」

資料ができて、わたしがクライアントのもとに行こうとするとき、上司は最後にこう言いました。

「がんばれよ。コンサルティングっていうのは、一言で言えば愛のことなんだ。フレームワークなんて関係ない。クライアントの気持ちになって、本気でクライアントのためを思って、本気で語るということがコンサルティングの仕事だ。本気で語れば、ロジックなんてあとからついてくる。人を動かす本気の言葉には必ずストーリーが宿るから、ロジックなんて意識しなくたって、ストーリーの中で、勝手にロジックが組み上がってくるんだよ」

それはいまから一〇年近く前のことです。最近になって、「ストーリー」の重要性や「感情」の重要性が、ビジネスの場でもよく知られるようになりましたが、当時は――少なくとも、わたしの周りのコンサルタントたちは――そうしたことを公言する人は決して多くはありませんでした。わたしの直属の上司も、彼自身はそれを本気で言っていたと思うのですが、周囲の人々の雰囲気は半分失笑気味というか、そうした発言を冗談として受け取っているように思えました。

しかし、わたしは、直属の、その変な上司の言っていることのほうが正しいと思いました。

そもそもわたしのバックグラウンドは、コンサルティングにもなければビジネスにもなく、経営学にも経済学にもありません。コンサルティングやビジネスや経営学や経済学の中で交わされる言葉は、わたしにとってはどこか他人事の言葉であり、そうした言葉で自分が話していても、借り物の言葉であるという印象は拭い去れませんでした（そしてその印象はいまでも変わりません）。

わたしはもともと小説を読んだり映画を観たりするのが好きな人間で、大学では文学を専攻していました。「結論から先に話す」とか、「ピラミッド・ストラクチャー」を心がけるとかは、就職してから初めて知ったことで、それまでの二一年間は、そんなものを意識したことはありませんでした。コンサルティングのフレームワークなどなくたって、二一年間生きて過ごしたのだし、小説を読んだり映画を観たりして感動して、そのことを話したり、文章を書いて人に伝えたりすることができていました。わたしはレポートを書くことができ、論文を書くことができ、そしてそのできにも十分満足することができていました。フレームワークを使って思考することには、それはそれでゲーム的なおもしろさがありますが、果たしてそれが本当に効果的なことなのかはわかりません。フレームワークを使った場合とそうでない場合とで、思考にどれだけの差が出るのかということは、いまのわたしにもわかりません。

わたしの上司は、「コンサルティングとは愛である」と言い、それ以上は何も語らず、その言葉が本当に意味するところはいまとなってはわからないのですが、わたしの心にはその言葉がとても印象深く残りました。わたしは、コンサルティングのことはよくわかっていませんでしたが、愛についてはなんとなくわかっているような気がしていました。二一年間の人生で、コンサルティングに触れる機会はほとんどなかった一方で、愛に触れる機会は多くあったからです。

　そしてわたしは、愛と感情と物語（ストーリー）の三つの言葉が、それぞれ密接に関係し合ったものであるということも、とてもよく理解していました。文学とは、そもそもそういうものだからです。

ビジネスが前提とするロジカルな人間像を真逆に考えてみる

　文学が人間の営みであるように、ビジネスもまた人間の営みです。文学は、人間のありかたを活写しようとする試みですが、ビジネスはそうではありません。ビジネスの場では多くの場合、なぜだか、人は人ではないような扱いを受けています。そこでは人は、サボったり空想にふけったり集中力を欠いたりすることなく、八時間みっちり自分の仕事に労力を投入することになっており、また、ミスをすることなく、定められた手順を遵守することが想定されています。そこでは人は、まるで機械のように、合理的に、画一的に、いつも変わらず同じように動くものであることが前提となっています。

しかし、実際のところ、人はそういう風にはできていません。毎日の体調や気分は異なり、高い水準で仕事ができる日もあればそうでない日もあります。気分が乗る日もあれば乗らない日もあります。

同様に、「ビジネスが論理的であるべきである」と考えることと、「人が論理的であるかどうか」ということは全く関係がないことであるにもかかわらず、あらゆるビジネスの場では、ロジカルなコミュニケーションが求められ、論理的な思考が苦手な人に対しても、「結論から話す」ことや「ピラミッド・ストラクチャー」をもって話す、ということが、正しい行いだとされています。

それはとても奇妙なことです。

人は動物であり、機械ではないので、人を扱う仕組みを考えるのならば、機械ではなく動物である人を想定するべきです。

考えてみれば当然なのですが、わたしはコンサルタントとして一〇年近く働いてみて、やっとそのことが実感としてわかってきました。

すべての人がロジカルにできているわけではありません。むしろ人は、ロジカルに考えることがとても苦手な生き物なのです。事象と事象がいかにひもづいているかといったことや、どこに共通点があってどこに差異があるかといったこと、さらに深掘りするとどうなるかといったことのほか、あるいは逆に、その具体的な事象を抽象化するとどうなるかといったことを、苦もなく自然と考えることができる人は、ほとんど少数派なのだと言っていいのではないか、と最近は思っています。

数字を自然言語のようにあつかえる人はほとんどいないし、文章を読み書きするように数式を読み書きすることのできる人はほとんどいません。漫画を読むようにグラフを読み解くことはできないし、映画を観るように、スケジュール表からこれから起こることを想像することのできる人はいません。

それに対して、上記のすべて――現在、ビジネスにおいて前提とされているロジカルな人間像のすべて――を真逆に考えてみるとどうでしょうか。

ほとんどの人は論理的に考えることはできず、直感と感情によって意志決定を行っている、ということを前提にし、ロジックではなくストーリーを語るということ。データをもって頭で理解してもらおうと考えるのではなく、胸を打つ言葉で、心で感じ取ってもらおうとすること。

人と人が関係して行われる事業活動を、「ビジネス」としてとらえるのではなく、純粋に「人間の活動」としてとらえようとすること。

それらの活動を記述する言葉を、「フレームワーク」ではなく、「文学」としてとらえなおしてみること――。

わたしはそんなことを考え、そして、自分の中ですべてがつながったような気がしてきました。「フレームワークなんて関係ない。ビジネスとは人間同士の営みで、そこにいるのはどこまでいっても人間で、コンサルティングとは、人間に対する限りない愛のことなのだ」と。

わたしが大学を卒業し、コンサルティング会社に就職してから現在に至るこの一〇年で、コンサルティングのありかたは変わってきています。ビジネスの現場の雰囲気も、少しずつですが、変わってきているのは確かです。「デザイン思考」や「アート思考」という言葉が流行し、ロジックだけではダメなのだ、という考え方が、ひとまずは浸透しつつあり、ストーリーテリングの重要性も、現場レベルで叫ばれるようになりつつあります。

しかし、そもそもストーリーを語るというのはどういうことなのでしょうか？　人の胸を打つストーリーを作り、共有し、ビジネスを動かしていくというのは、どのようにしてなされるのでしょうか。

デザインシンキングにおけるストーリーテリング

わたしたちはストーリーを考え、ストーリーをつくり、ストーリーについて語り合うことで、それまでは出会うことのなかった者と出会い、気づくことのなかった事実に気づき、知り得ることのなかった知識を得ることができます。

ストーリーの効用は何よりもまず、ストーリーがなければ見えなかったものを、ストーリーを通して見えるようにする、ということなのです。

デザインコンサルティング会社「アイディオ」の共同経営者であるトム・ケリーは、

「共感・実験・ストーリーテリング」と題されたインタビュー（特許庁『デザインにぴんとこないビジネスパーソンのための〝デザイン経営〟ハンドブック』）の中で次のように話しています。

プロダクトなりサービスを開発していくなかで、デザインシンキングが次に重要視するのは「ストーリーテリング」です。商品のスペックや機能をいくら説明しても、人はそれに惹かれません。大事なのは、それが「まるで自分だけのためにつくられている」ように感じられることです。けれども上記で説明したように、それは本人すらも気づいていないニーズから生まれたものですから、それが「あなたがまだ気づいていないニーズに応えるもの」であることを伝える必要があります。そのプロダクトやサービスなりを生み出した課題があなた自身の課題であることを伝えるために重要なのは、リサーチのときと同じように、やはり共感です。相手の課題を見つけたプロセスを、共感をもって語り直すことが大切です。

（五頁）

躍動感のあるストーリーを語ることで、フレームワークやデータだけではこぼれ落ちてしまっていたものをすくい上げることができる。こぼれ落ちているものというのは、気分や、感情や、雰囲気や、あるいはもっと大きな視点で言えば、文化や慣習といったもののことです。

ストーリーテリングとは言うなれば、言語化できないものを言語化する試みであり、背景や構造といった、組織の本質的な部分にアプローチするための試みなのです。

既にお気づきの方もいるかもしれませんが、「デザイン」という概念と「SFプロトタイピング」という概念は、非常に親和性が高いものです。とりわけそれは、「ストーリーテリング」という手法に焦点を当てることで浮き彫りになります。ここでは補論として、少し、デザインとSFプロトタイピングの関係について触れておきましょう。

SFプロトタイピングは、デザインシンキングの系譜上に位置づけることができます。デザインシンキングとは、人の「感情」に焦点を当てる思考法であり、ユーザーを徹底的に観察し、共感し、感情レベルでの本質的な課題を発見・定義し、課題へアプローチするアイディアを、ブレインストーミングを繰り返しながら定義します。デザインシンキングは定義した課題を「解決」することを目的とし、課題解決に向けて、プロダクトのプロトタイピングとユーザーからのフィードバックを繰り返します。これにより、ユーザー中心主義が実現され、「ユーザーが本当に欲しかったプロダクトやサービス」を提供することができるようになる、というのがデザインシンキングの中核を占める思想です。

デザインシンキングとは要するに、プロダクトやサービスの機能が競争性を持たなくなった時代においては、徹底的に「ユーザーのことを考える」ことが差別化戦略につながるために、ユーザビリティに直結する「デザイン」が重要となった時代のメソドロジーなのです。

「デザインシンキング」という言葉を一躍世に知らしめた、ティム・ブラウン『デザイン思考が世界を変える』では、次のように、「デザインシンキング」の時代の「デザイン」と「デザイナー」のありかたが語られています。

新しい作品を製作する、新しいロゴを作る、魅力的な（少なくとも無難な）筐体に驚異のテクノロジーを組み込む、といった二〇世紀のデザイナーの課題は、二一世紀をかたどる課題とはいえない。現代を特徴付けるのはブルース・マウのいう「マッシブ・チェンジ（大規模な変革）」であり、これに対処するためには、誰もがデザイナーの思考を身に付ける必要があるのだ。（五四頁）

あるいは、より端的な例として、先述のインタビューの中で、トム・ケリーは、次のようにデザインシンキングを定義しています。

デザインシンキングとは、これまでデザイナーが仕事のなかで培ってきた「手法」（ツールセット）や「思考の方法」（マインドセット）を、プロダクトだけではなく、より複雑な問題を孕んだサービスやシステムを設計するために利用することを指しています。たとえば、IDEOでは、21世紀にふさわしい学校システムをつくるお手伝いや、服役者の再犯を防ぐにはどのような仕組みが必要なのか、あるいは貧しい地域に安全な水を確保するにはどうするのがよいのか、といった非常に複雑な問題に取り組んできました。こうした問題の解決の糸口を探るためには、従来のツールやマインドセットだけでは対応できないことも急増するなかで、「人間中心」の考え方を軸とする「デザイナーの思考様式」をもって取り組んでみることを提唱するのがデザインシンキングです。

（特許庁、前掲書、四頁）

デザインシンキングでは、いずれのフェーズにおいても、ユーザーとの「対話」が必要となりますが、ユーザーの感情を知り、共感をかたちづくっていくために、観察の結果やブレインストーミングの結果は、無味乾燥なフレームワークに落とし込まれたり一方的なプレゼンとして発表されたりするのではなく、緩急のある「ストーリー」として語られます。

ストーリーを素早く可視化するためのフレームワーク

デザインシンキングをより実践的な手法に落とし込んだものとして、「デザインスプリント」というものがありますが、ここでも「ストーリー」が重要な役割を果たします。

デザインスプリントは、Google Venturesがデザインシンキングを活用する中で、より具体的にブラッシュアップするかたちで開発した手法です。デザインスプリントでは、

「スプリント＝短距離走」という名称が示すとおり、五日間という短いスケジュールの中で「準備」「理解」「発散」「決定」「試作」「検証」を行い、プロダクトのプロトタイプを作成します。「準備」のフェーズでは、デザインスプリントに必要な人とモノが集められ、「理解」のフェーズでは、チームメンバーとディスカッションをしたり、必要なリサーチを行うことで、課題の定義・深掘りを行っていきます。「発散」のフェーズでは、課題に対してどのような解決策／アプローチが考えられるのか、できるだけ多くのアイディアを出し、「決定」のフェーズでは、出たアイディアの中から最も優れたものを選びます。「試作」のフェーズでは、チーム内で可能なかぎり素早く、雑に、汚い状態で、最低限の機能を持ったプロトタイプを作成し、「検証」のフェーズでは、プロトタイプをユーザーに見せながらディスカッションを行い、プロトタイプの良い点／悪い点を可視化することで、次のプロトタイプに向けた改善へと活かします。

デザインスプリントにおいては、ストーリーボードを用いたユーザーストーリーに関するディスカッションが肝になります。ユーザーストーリーでは、ホワイトボードとポストイットを使って、作成しようとしているプロトタイプにはどのような機能が必要で、その機能を使って、ユーザーがどのような体験をしていくのか、ということを、時系列のある流れとしてスケッチし、ビジュアライズしていきます。

このように、デザインシンキングがより汎用的に手法化されたデザインスプリントにおいても、プロダクトを取り巻くストーリーに着目し、プロダクトの中でユーザーはどのような体験をしていくのか、どのような感情が生まれ、感情はどのように変化していくのかといった点や、あるいは、ユーザーにどのような体験をしてほしいのか、こういう機能を使うことでこういう気持ちになってほしいからこういうデザインにしたい、といった議論が重視されているのです。

以上見てきたような、デザインシンキングにおける「ストーリー」を重視する思想や、ストーリーを素早く可視化するためのフレームワークや、ストーリーをベースにしたディスカッションを行うためのフレームワークなどは、SFプロトタイピングを行う際にも大いに活用できます。SFプロトタイピングに高いハードルを感じている人などは、まずはデザインシンキングやデザインスプリントなどから始めてみて、慣れてきたら、そこに少しずつSFプロトタイピングの要素を足していくとよいかもしれません。

なお、補足として、デザインシンキングやSFプロトタイピングの隣接領域として、「スペキュレイティブ・デザイン」、「デザイン・フィクション」といった概念が存在します。

「スペキュレイティブ・デザイン」はデザイナーのアンソニー・ダンとフィオナ・レイビーによって提唱されたデザイン思想であり、「デザイン・フィクション」はSF作家のブルース・スターリングによって提唱されたフィクション概念です。

「スペキュレイティブ・デザイン」は問題解決よりも問題提起を目指すデザインを、「デザイン・フィクション」は未来を舞台にしたＳＦ作品の中で、未来世界にリアリティをもたらすプロダクトを指します。そして「ＳＦプロトタイピング」とは、「スペキュレイティブ・デザイン」の問題意識と「デザイン・フィクション」の方法論を継承しつつ、「問題提起を目指す、未来のプロダクトに基づく、リアリティのある未来世界を描いたフィクション作品そのもの」であると位置づけることができます。

そのため、デザインシンキングやＳＦプロトタイピングにおいても、スペキュレイティブ・デザイン、デザイン・フィクションの思想や方法論、成功事例や失敗事例などは、応用することができます。本書よりもさらに踏み込んだ知識や事例が知りたい方は、これらも参照してみるとよいでしょう。

優れたストーリーだからこそ再現性がない

そもそも、ＳＦプロトタイピングやデザインシンキングといったアプローチをとらずとも、ストーリーテリングというのは、人間が誕生してからというもの、人間にとって最も重要な営みであったと言っても過言ではありません。人間は物語の中を生きているのであり、人間の営みはすべて、物語が関わってくるがゆえに、人間は物語とともに「物語る技術」も発展させてきました。

ビジネスもまた、当然ながら人間の営みであり、それがゆえに、ビジネスにおいてもストーリーテリングを軽視することはできません。

もう一度、楠木建『ストーリーとしての競争戦略』を紐解いてみましょう。同書では、次のように、ストーリーテリングを「動画」のイメージで説明します。

個別の違いをバラバラに打ち出すだけでは戦略になりません。それらがつながり、組み合わさり、相互作用する中で、初めて長期利益が実現されます。ストーリーとしての競争戦略は、さまざまな打ち手を互いに結びつけ、顧客へのユニークな価値提供とその結果として生まれる利益に向かって駆動していく論理に注目します。つまり、個別の要素について意思決定しアクションをとるだけでなく、そうした要素の間にどのような因果関係や相互作用があるのかを重視する視点です。

戦略をストーリーとして語るということは、「個別の要素がなぜ齟齬なく連動し、全体としてなぜ事業を駆動するのか」を説明するということです。それはまた、「なぜその事業が競争の中で他社が達成できない価値を生み出すのか」「なぜ利益をもたらすのか」を説明することでもあります。個々の打ち手は「静止画」にすぎません。個別の違いが因果論理で縦横につながったとき、戦略は「動画」になります。ストーリーとしての競争戦略は、動画のレベルで他社との違いをつくろうという戦略思考です。

（二〇頁〜二一頁）

ビジネスにまつわるあらゆる要素が連関し、メカニズムを形成していること。静的ではなく動的で、断片的でなく連続的であること。さらに言えば、それが「当たり前」のものではなく、「意外性」をもったものであるということ。

ＳＦ作家としての、そしてコンサルタントとしてのわたしの経験上、優れたストーリーとは、次の条件を満たすものです。

・条件１　新規性：語られている内容に新しさ、意外性はあるか。
・条件２　共感性：語りのうちに、感情的な表現や、リアリティがあるか。
・条件３　構築性：すべての要素が有機的に連動し、一つの世界観を生んでいるか。
・条件４　論理性：展開は適切か。また、展開にムリ・ムラ・ムダはないか。

デザイナーはストーリーを「共感」の道具として使い、ＳＦ作家はストーリーを「思弁」として使い、コンサルタントはストーリーを「競争戦略」として使います。

いずれにおいても共通するのは「論理性」であり、何よりもまず求められるのは、語りとしての適切な展開ですが、「思弁」として、あるいは「競争戦略」として語られる際には「新しさや意外性」が必要になります。また、「共感」の道具として求められるのは言うまでもなく「共感性」であり、「人の感情に寄り添った、リアリティのある表現」が必要となります。最後に、「思弁」としてのＳＦのビジョンと「競争戦略」としてのビジネスのビジョンに共通するのは、それらがアートであり、再現性を持たないということです。そうした性質と分かちがたく存在する条件が、「構築性」です。思考を詰め、細部を描画していくと、構築性は増し、「思弁」としても「競争戦略」としてもリアルなものとなり、同時に、唯一無二のものとなっていきますが、唯一無二であるということは、再現もできないということです。

そう、優れたストーリーとは、固有のものであり、再現性がないものであり、再現性がないものであるために、ある書き方をすれば必ず思った通りのものが書ける、というような、法則性に依存するものではないのです。

人間の営みに一般法則はありえないが、論理の流れはある

楠木建は書いています。

法則とは、どこでも成り立つ、どんな文脈でも再現可能な一般性の高い因果関係を意味しています。自然科学であれば、たとえば「この材料を使うとこの温度でも高温超電導が可能になる」という一般法則は成立します。そうした自然現象の法則を求め、法則を定立しようとするのが科学の基本スタンスです。

ところが、この後でまたこの話題には戻りますが、結論を先に言うと、その種の法則は、

幸か不幸か（たぶん「幸」のほうだと思いますが）、戦略論の対象にはなりえません。経営や戦略は「科学」ではないからです。小売業界でとてもうまくいった施策を鉄鋼業界にそのまま持ち込んでも、うまくいくとは限りません。かえって変なことになるかもしれません。同じ業界であったとしても、ある会社でうまくいったやり方であっても、他の会社で全く効果がないということはごく普通にある話です。

先ほどの「理屈二割の気合八割」の話に戻れば、もしそんな普遍の法則があったら、成功要因の一〇割を理屈で説明できてしまいます。本当に一般性の高い法則があれば、その法則を取り入れて、それに従ってやっていればうまくいくのですから、経営などそもそも必要なくなります。「こうやったら業績が上がる」という法則は、大変に魅力的に聞こえるのですが、こと経営に限っていえば、そうした主張はどこまでいっても嘘なのです。

（七頁〜八頁）

経営学は科学になることを求めて発展してきており、また、実際のビジネスも科学的であろうとする方向で発展してきていますが、実際のところ、ビジネスと科学はそれほど相性がいいものではなく、ビジネスの根幹までを科学に置き換えることはできません（むしろ、科学と相性のいい側面もあります。しかし、それはビジネスのある一部分であって、ビジネスのすべてが科学に置き換えられるわけではありません）。そういう意味ではビジネスとは、ある種のアートなのです。

ビジネスはアート＝人間の表現であり、人間自体が科学で代替不可能な存在である限り、人間の表現であるビジネスもまた、科学では代替不可能なのです。

ビジネスは科学ではない。

ビジネスには法則はない。

しかし、ビジネスにもまた（すべての人間の営みがそうであるように）、過去から現在、現在から未来に向かう、論理の流れはある。

そのために、ビジネスにおいては、決まりきった論理による「法則」ではなく、決めようとする論理に基づく「ストーリー」が必要となるのです。

2 オルタナティブを思考／志向する〈ＳＦ思考〉

ＳＦの定義

ところで、本書はＳＦプロトタイピングについての本ですが、そもそもＳＦという言葉を聞いて、みなさんはどのようなものを想像されるでしょうか。

宇宙人や宇宙船、あるいはロボットやアンドロイドたちの物語、それとも電脳空間を舞台にした冒険活劇などでしょうか。もしかすると、ゴジラやガンダム、エヴァンゲリオンなどの、具体的な作品名や意匠やキャラクターを思い描く方もいるかもしれません。

そして、おそらくみなさんに思い描いていただいたもののすべては正解と言ってよいと、わたしは考えています。

なぜなら、みなさんがいま思い描いたものはすべて、いずれも強い虚構性を持った虚構の存在だからです。強い虚構性を持つ虚構であるということ、あるいは虚構であることの自明性を前提とし、受け取る側がそれを了解することで、現実世界を相対化する力を持ったものは、すべて広くＳＦであるということができます。なぜなら、ＳＦというのは一言で言えば、「ここではないどこか」を描いた物語であり、先に例示したような強い虚構性を持つ虚構作品は、原理的に、「ここではないどこか」を描いたものであると言うことができるからです。

ＳＦという言葉は多義的で、一般的にはScience FictionやScience Fantasyの略だと知られ、その名の通り「科学の物語」であると思われていることが多いかと思いますが、実はＳＦという言葉の持つ意味はそれだけではなく、Speculative Fictionという言葉が当てられることもあります。

Speculativeという単語は耳慣れない言葉だと思いますが、これは、「思弁的」だとか「思索的」であるという意味のほか、「推論的」とか「投機的」という意味も持つ言葉です。Speculativeであるということは Scienceであることを含みますが、必ずしもScienceである必要はありません。Speculative FictionとしてのＳＦでは、それが現実的であるか否か、科学的であるか否かは問わず、単に「ここではないどこか」が描かれます。そしてSpeculativeであるということは、「ここではないどこか」を描こうとする意志を持つことなのです。

ＳＦは大きなビジョン、大きな物語を提示するものです。

ビジョンや物語は、必ずしも目の前の現実を指し示すわけではありません。それどころか、ＳＦが映し出そうとする物語というのは、意図して現実から離れようとする性質さえ持っています。多くのＳＦが「未来」を舞台にするのは、ＳＦが現実の世界を模倣する物語なのではなく、現実から離れた場所で、新たな現実を立ち上げようとした結果――ＳＦが、「リアリズム小説」ではなく「ＳＦ＝スペキュレイティブ・フィクション」であるために引き起こされた、必然的な結果なのです。

そして、ＳＦが前提とする物語の射程は、一般的な意味での「未来」にとどまるものではありません。それはあたかも、人間が単線的な時間軸のみに生きているのではないのと同様に、可能性は複線的に分岐していきます。そうした分岐を許容するフィクション、あるいは、そうした分岐を所与のものとするフィクションが、一般にＳＦと呼ばれているのです。

三つの分類

もちろんＳＦの定義は難しく、誕生から現在に至るまで、さまざまな議論があり、一概に言うことはできませんが、ある程度、パターン分けをすることならば可能です。

現在、最も代表的だと言えるＳＦの定義として、ＳＦ評論家のジュディス・メリルは、ＳＦ評論集『ＳＦに何ができるか』のなかで、ＳＦ小説を、「教育的ストーリー」「伝道的ストーリー」「思弁小説（スペキュレイティブ・フィクション）」の三つに分類し、最後の「思弁小説（スペキュレイティブ・フィクション）」が、最もＳＦの本質的な要素なのだと指摘します。一つずつ確認していきましょう。

一つ目の「教育的ストーリー」とは、「新しい科学的アイデアを提出するために小説形式を利用した、脚色エッセイないしは仮装論文」というもので、既存の科学理論や科学技術の普及を目的としたものです。このタイプのSFでは、現実に存在する先端的な科学技術や、あるいは現実に存在してもおかしくないような夢の科学技術が描かれ、それらがいかに便利で魅力的なものか、という点に主眼が置かれます。一般的なSFのイメージはおそらくこうした「教育的ストーリー」に属するものですが、メリルはこれを「疑似小説」と呼び、小説の皮をかぶった科学技術の紹介記事にすぎないものであって、SFの本質ではないとして批判します。

二つ目の「伝道的ストーリー」とは、「アレゴリーや風刺」「人間社会の技術よりも行為に関心を寄せた寓意物語、予言、夢想、警告」というもので、科学や技術の分野で用いられる単語やエピソード、異世界や未来世界を舞台にして寓意を描き、現代社会に風刺をもたらします。これらの小説群に特徴的な点は、科学や技術の語彙は装飾的なものに過ぎず、また、舞台となる未来は完全に恣意的なもので、リアリティを欠いている、ということです。メリルはこれを「疑似科学」と呼び、科学の皮をかぶった普通小説であって、これもSFの本質ではないとして批判します。一般に、ユートピア小説やディストピア小説は、ユートピアやディストピアを描いているというだけでSFだと思われがちですが、科学的な下支えがない状態で、単に理想や反理想を描くだけでは、SFにはならないのだ、とメリルは指摘しているのです。

そして三つ目、メリルが本当のＳＦであると言う、「思弁小説（スペキュレイティブ・フィクション）」です。メリルの定義ではこれは、「宇宙、人間、〝現実〟に関するなにものかを、客体化、外挿、類推、仮説とその紙上実験、などの手段によって、探求し、発見し、まなびとることを目的とするストーリー」であるとされますが、もう少しわかりやすく言い換えれば、「ある仮定に基づく虚構世界において、人間がどのように変化するかということを、リアリティをもって描いた小説」であるということです。そこで重要なのは、科学の言葉でも技術の言葉でも未来の舞台でもなく、仮説と実験、そして観察という「科学の方法」なのであり、そうした科学の方法をもって、作中世界の宇宙、人間、現実を探索する、ということなのです。

虚構世界の事象自体が、この世界にとって現実的／科学的なものであるとは言えなかったとしても、変わっていく世界、変わっていく自分の中で、「科学の方法」だけは手放さないこと。徹底的に考えぬき、「科学の方法」によって確からしいものを明らかにしていくこと。「ここではないどこかの、このわたしではないわたし」になりきること——そのようにして、「科学の方法」だけを手がかりにして、人間の実存に関する考察の過程が描かれた小説のことを、メリルはＳＦと呼んでいるのです。

「ここではないどこか」を目指す意志

以上のジュディス・メリルによる分類・考察を踏まえ、本書では広く、「ここではないどこかの、このわたしではないわたし」を、「科学の方法」の思想によって描いたものをSFとしてとらえます。そしてそれは、メリルの言う「思弁小説（スペキュレイティブ・フィクション＝Speculative Fiction）」にほかなりません。

本書は「未来を拓く思考」を伝えることを目的としており、そしてSpeculative FictionとしてのSFはまさに、現実の自明性を揺るがし、思弁や思索をうながすものであり、それまでとは異なる視点で未来を推論したり投機したりすることをうながし、「ここではないどこか」への想像力を推進するものです。そのため、「思弁小説（スペキュレイティブ・フィクション＝Speculative Fiction）」としてのSFのありかたこそが、本書が標榜する「SF思考」や、「SF思考」に基づく「SFプロトタイピング」にふさわしいSFなのです。Speculativeであること。「ここではないどこか」を望むこと。本書が前提とし、本書が目的とすることはその一点のみであり、それ以外にはありません。そのように、つねに「オルタナティブ」を思考する／志向する考え方をして、本書では〈SF思考〉と呼びます。

わたしは「未来」という言葉と「オルタナティブ」という言葉を、どこか類似のものとして、もっと過激に言ってしまえば、全く同じものとしてとらえているところがあります。

ＳＦ作家のウィリアム・ギブスンは「未来はすでにここにある。ただ、行きわたっていないだけだ」という有名な言葉を残しており、わたしはこの言葉に強い共感を覚えるのですが、それは、わたしの考えでは未来とは、「いま・ここに見えているものではなく、いま・ここに隠れている可能性」だからです。

たとえば、いまは男性中心主義社会だから男性はこうすべきだ、女性はこうすべきだという規範意識が、まだまだ社会に広く存在していますが、こういった、現在明らかになっている固定化された社会階層や構造について、必然的で動かしがたいものではなく、可塑的で変更可能なものとして取扱い、「それ以外の道」を模索することこそが、未来を作り上げていくのだと、わたしは考えています。

「いま・ここの目に見えている現実」に紐づけられた「社会的な役割分担」から一度離れ、想像力の中で「いま・ここに隠された可能性」としての「未来」を追い求めることができるという点で、わたしはＳＦという思考とＳＦプロトタイピングという手法に、現代的な価値があると考えているのです。

こうした考え方は、もしかすると奇妙な考えのように思えるかもしれません。

しかしながら実のところ、人類は、その歴史の始まりから現在に至るまで、ずっと、そのような仕方で文明を発展させてきたのです。

先にも触れた『サピエンス全史』の中で、ユヴァル・ノア・ハラリは、「言葉を使って想像上の現実を生み出す能力のおかげで、大勢の見知らぬ人どうしが効果的に協力できるようになった」と言っています。人は言葉によって想像することが可能になり、想像された虚構＝神話によってつながることが可能になったのだと。

また、神話の重要な点として、神話は虚構であるために、必要に応じて迅速に変更／修正が可能であるということが挙げられます。

ハラリは続けて、「人々の協力の仕方は、その神話を変えること、つまり別の物語を語ることによって、変更可能なのだ」と言っています。「適切な条件下では、神話はあっという間に現実を変えることができる。たとえば、一七八九年にフランスの人々は、ほぼ一夜にして、王権神授説の神話を信じるのをやめ、国民主権の神話を信じ始めた。このように、認知革命以降、ホモ・サピエンスは必要性の変化に応じて迅速に振る舞いを改めることが可能になった。これにより、文化の進化に追い越し車線ができ、遺伝進化の交通渋滞を迂回する道が開けた」（上巻、五〇頁）のだと。

このように人類は、集合的な虚構としての神話を創り、そして必要に応じて神話を創り変えることによって、未来を再起動させ続けてきました。

言い換えれば人類は、何度も虚構のプロトタイピングを行うことで、試行錯誤しながら未来を切り拓いてきたのです。

わたしたちはサピエンスの末裔であり、サピエンスの末裔であるわたしは、この本を、「未来を再起動する」ために、あるいはその同志を、仲間を集めるために書いています。

そしていま、ＳＦならばそれができると、わたしは信じているのです。

ＳＦには、〈別様の未来〉を創り出す力があります。ＳＦは、世界の可能性の複数性を信じ、世界を分岐させ、わたしたちに、さまざまな世界の、あらゆる文明の、あらゆる物事の、あらゆる生き方の可能性について、さまざまな視点から思索することをうながします。

フィリップ・Ｋ・ディックによる定義

ここで、一人のＳＦ作家の思想を参照しましょう。

作家の名前はフィリップ・Ｋ・ディックといいます。一九二八年生まれのディックは、「ニューウェーブＳＦ」や「スペキュレイティヴ・フィクション」のはしりとも言われ、それまでの「未来予測」的なＳＦとは異なる仕方で、「もう一つの現実」を描き続けたことで知られています。ＳＦ史において取り上げるべきＳＦに関する定義や思想は多くありますが、その中でもわたしはディックの思想に強く影響を受けており、わたしのＳＦ観はおおよそディックに方向づけられていると言っても過言ではありません。そしておそらくは、ディックの思想や作品は、混迷をきわめる現代において、ますます重要になってきているとわたしは考えています。

ディックは次のように語っています。

私たちはみなおたがいを、歩き回ったり、しゃべったり、行動したりする人間としてながめているけれども、私たちのある者は他の者と違って、多くの時間を宇宙Aで過ごしているのかもしれません。また、ある者は宇宙Bで過ごしているかもしれないのです。その世界に関しての主観的な印象が異なっているだけではなく、多数の世界が重なり合っているとしたら、主観的ではなく客観的にも私たちの複数の世界は異なっていることになります。その結果、私たちの知覚はそれぞれ異なっているのです。

（『フィリップ・K・ディックのすべて』三二三頁）

フィリップ・K・ディックという作家は、宇宙は複数存在しており、人間の数だけ世界の数がある、という思想を強く持っていた人で、小説の中でも世界の虚構性や並行世界といったテーマを何度も繰り返し書き続けた人でした。

たとえば、最も権威あるSFの文学賞と言われるヒューゴー賞を受賞しており、ディックの最高傑作とされることも多い『高い城の男』では、第二次世界大戦が枢軸国側の勝利で終わった世界が描かれます。面白いのは、その世界では、「第二次世界大戦が連合国側の勝利で終わった世界」がフィクションとして描かれ、入れ子構造の中で現実と虚構が混交されるということです。

あるいはこちらも最高傑作と名高い『ユービック』では、生と死のあわいにある「半生」の状態にある登場人物たちが、逆行する時間の中で、眼前に生成される時間と既に過ぎ去った記憶を混交させた、わたしたちが知っている現実とは異なる「もう一つの現実」としての、白昼夢のような現実と対峙します。作中、大量生産のチープな工業製品として描かれる「ユービック」というスプレーは、そのチープさは保ったままに、巨大な力を持った神のようにふるまい、あたかもすべてがチープなフィクションであるかのように現実の実在性を崩壊させてゆきます。そこに生きる人々が感覚する、生きることに伴う実存の切実さは、この身を切るように確かなものであるにもかかわらず。

ここに挙げたのはわずかな例に過ぎませんが、これらの二作を読むだけでも、フィリップ・K・ディックのエッセンスは十分理解できると思います。いずれの作品においても、「本物」と「偽物」が反転し、「実在」と「非実在」が反転し、あらゆる「可能性」と「不可能性」が登場人物の認識の中で混ざり合い、そうした構造を用いることでディックがこの世界自体の虚構性や恣意性を暴こうともがいた様子が、迫力ある筆致で描かれます。

ディックはつねに、目の前の世界というものは、人類のその場しのぎの環境適応の結果、恣意的に進展していった先にあるものでしかないということを考え、そうした世界が生む人間の苦しみや悲しみを、ＳＦを書き、別様の世界を思い描くことで相対化しようと試み続けた人でした。

そうした点で、フィリップ・Ｋ・ディックという作家は、ＳＦ史の最初期において、最もＳＦ作家らしい態度でＳＦを書いた、はじめてのＳＦ作家だったのだと、わたしは個人的に考えています。

ディックは次のように、ディックにとってのSFの定義を提示しています。

社会内部における概念的な転置こそ、SFの本質である。であるからこそ、その結果作家の頭の中で新しい社会が生み出され、それが紙面に転置され、その紙面によって読者は衝撃を受ける。すなわち超常性を認識することで生じる衝撃を。読んでいるのは自分がいる現実の世界ではないことを、読者は知る。（前掲書、一六二頁）

わたしの考えでは、SFとは、フィリップ・K・ディックのように、世界に対して懐疑的な精神を貫き、自分自身の固有の思考と感覚を持ち続けようとする、ある一つの人間の生き方のことです。

世界の現在のありように対して根源的な疑問を持つこと。自分が生きるこの世界は、なぜこの世界なのかということを考えること。自分の生は、なぜこのような生なのかということを考えること。そして、別様の世界、別様の生のありかたに思いを馳せること。「世界は必然的にこのような姿をしているのか」「他の道はないのか」、そのような疑問を持ち続けること。自分なりの「他の道」を探し当てること。そして、世界の新たな側面に驚き、喜ぶこと。

そう、フィリップ・K・ディックが喝破したように、「新しさを発見する喜びこそ、SFの欠くべからざる究極の構成要素」（前掲書、一六三頁）なのです。

「ＳＦ思考／ＳＦ志向」で考えるということは、要するに、わたしたちが日々生きて、存在し、変わっていくことを味わい楽しむということ、宇宙が在り、人類が存在するということの、この原理的な不可思議さを遊ぶ、ということなのです。

そうした「ＳＦ思考／ＳＦ志向」を、ビジネス的なアプローチ／メソッドとして具体化したものが、本書で説明する「ＳＦプロトタイピング」である、とわたしは位置づけています。

3 世界におけるSFとビジネスの関係

VUCAの時代、ビジネスがSFを求めている

近年では、ビジネスシーンにおいて、デザインシンキングやプロトタイピングといった思想の先にあるものとして、少しずつSFが注目され始めています。

本書もまたそうした潮流の中で書かれた本ではありますが、世界に目を向ければ、シリコンバレーには、SFからの影響を公言する起業家や実業家、エンジニアやプログラマーが多くおり、あるいはバラク・オバマのように、重要図書としてSF作品を挙げる政治家もいます。また、近年は日本でも、ビジネスリーダー向けにSFを紹介する記事がリリースされたり書籍フェアが行われたり、SFをビジネスに活かすためのワークショップが開催されるようになってきました。

先の見えない時代にあって、未来を志向し未来を描いてきたSFという物語の数々が、これからの時代に向けた何かの指針になりうるのではないかと考える人が、国内外問わず、少しずつ増えてきているのでしょう。

少し、順を追ってご説明しましょう。

現代は「ＶＵＣＡ（ブカ／ブーカ）の時代」と呼ばれています。「ＶＵＣＡ」とは以下の言葉の頭文字をとったアクロニムであり、現代の世界経済環境が予測困難となっている状況を示しています。

・Volatility（変動）：変化の質・大きさ・スピード等が予測不能であること
・Uncertainty（不確実）：これから起こる問題や物事が予測できないこと
・Complexity（複雑）：数多くの原因などが複雑に絡み合っていること
・Ambiguity（曖昧）：物事の原因や関係性が不明瞭であること

いまさら言うまでもないことかもしれませんが、現代とは人間がコントロールできない環境変化や予測不能な問題が増えている時代なのであり、そうした現代という時代にあって、未来は現在の延長線上には位置していません。

「まえがき」でも述べたように、そもそも未来とは不確定であり、一意に定まるものではなく、ゆえに予測などができるはずもありません。「未来予測」というのは、はじめから、失敗することが決定された試みなのです。

未来は一つではありません。そして、わたしたちに必要なのは、「単一の未来」――「現実の延長線上にあるただ一つ未来」――などではありません。必要なのは、ありうる

「複数の未来」について、それらの未来はどのような性質を持つのかを可能な限り知ること、そしてそれらの未来を踏まえた上で、「自分はどんな未来が欲しいのか」ということを考えることです。

アンソニー・ダンとフィオナ・レイビーは、『スペキュラティヴ・デザイン』の中で、未来を大きく四つに区分し定義しています。

- Preferable：起こってほしい未来
- Possible：起こりうる未来
- Plausible：起こってもおかしくない未来
- Probable：起こるだろう未来

過去が複数存在しているのと同様に、未来もまた複数存在しています。過去と未来で異なることは、過去が解釈によって複数化するのに対し、未来は想像によって複数化するということなのです。

わたしたちは未来について想像し、想像したものを分類し、分類された未来の中から、わたしたちの欲しい未来を選び取ることができる。あなたの前に無数の未来が横たわり、あなたはそこからあなたの未来を選びとり、あなたはあなたの選んだ未来を創造することができる。あなたが選んだ未来は、あなたが創造することによって現実になる。あなたが創造するとき、あなたの選んだ未来が現在になるのです。

もちろん、現実を現実のまま変えることは難しい。意志をもって未来を選び取り、未来を切り拓いていくことは大変な労力を伴います。

しかし、ＳＦ思考／ＳＦプロトタイピングは、フィクションの力を借りることで、一旦現実から離れ、「何を言っても大丈夫」なフィクションの世界で自由に想像し、仮説を作り、そしてまた現実へと帰ってくることを前提とした方法論です。

ＳＦは、人間の想像力を駆使して、異なる世界のプロトタイプを創造し、従来の世界のありかたとは異なるありかたについて、議論したり、さらなる創作を行うための場を生み出し、人々が想像力を自由に羽ばたかせることができるように刺激する想像力です。

ＳＦとは、人間と世界との関係性を相対化し、あらゆる固定化された概念や制度を脱構築し、世界のすべてを再定義するための想像力です。

未だ誰も想像しなかった、どこにもない未来を、はじめから考えてみること。本当の意味で「ゼロ」をベースにして考えるということ。すべてを無からやりなおそうと試みること。それは実際には不可能な試みですが、人の想像力をもってして、想像のうちにあっては可能な試みです。そしてそれもまた、「未来を考える」仕方の一つであることには違いありません。それどころか、それこそが「未来を考える」ことの正統な仕方であるとさえ、わたしは考えています。

ＳＦ思考とは、世界は変えられるのだということを本気で信じ、まったく新しい未来を

3 世界におけるＳＦとビジネスの関係

拓くための思考です。ＳＦにはその力があり、わたしたちはＳＦの力を借りることで、一人ではなしえないような、大きな想像力／創造力を得ることができます。それは、ＳＦがScienceに関するフィクションだから、ということではありません。ＳＦの物語が科学的だとか、論理的だとか、未来予測を標榜しているということは、ＳＦにとって副次的なものでしかなく、本質的なことではありません。

ＳＦが未来を拓く思考となりうるのは、ＳＦがSpeculativeであるからであり、つねに「ここではないどこか」を目指す意志を持っているからであり、さらに言えば、そこには「物語」が世界をかたちづくっているのだという信念があるからです。

ＳＦ思考は、世界は可塑的な構築物で、いま・ここにある世界は暫定的なものでしかなく、すべては途上にあるのだと認識することからはじまります。

現実から離れることで現実を変えるということ。フィクションの中で未来を選びとることで、現実の未来を切り拓いていくということ。ＳＦ思考、そしてＳＦプロトタイピングは、そうした、一見すると矛盾にも思えるようなアクロバットを可能にするのです。

ここから先は、例として、現代におけるＳＦとビジネスの関係について見てみましょう。

ＳＦ小説を納品するコンサルティング会社

アメリカに「サイフューチャーズ（SciFutures）」という会社があります。日本ではほとんど知られていないので、その名前をここで初めて目にする方も多いかと思いますが、ＳＦとビジネスの関係性の、最先端の事例としてわかりやすいのでご紹介します。

サイフューチャーズは、二〇一〇年代の半ばごろ、アリ・ポッパーという一人のＳＦ好きによって立ち上げられた、アメリカのコンサルティング会社です。

ただし、コンサルティング会社と言っても、彼らはパワーポイントでできた資料を納品するわけではありません。サイフューチャーズのコンサルタントはＳＦ作家であり、納品される資料はＳＦ小説なのです。

サイフューチャーズは〈ＳＦコンサルティング会社〉なのであり、ＳＦプロトタイピングによって書かれた未来の姿を成果物として、ビジネスを展開している会社なのです。

サイフューチャーズを立ち上げる以前、アリ・ポッパーはＵＣＬＡ（カリフォルニア大学ロサンゼルス校）のＳＦ小説の創作講座に通っていたそうです。彼はそれまで、市場調査会社の社長をしていましたが、ルーティン化した業務に倦み、何か新しいことにチャレンジすることで日常の閉塞感を打破しようとしていました。

ＳＦ創作講座に通い始めてすぐに、彼はＳＦ小説を書くことにのめり込んでいきました。そして彼はやがて、ＳＦ小説を書くことがビジネスにも役立つことに気づいたのです。

ＳＦ創作は現実の世界とは異なる世界を構築し、その世界のルールをかたちづくっていく作業です。そしてそれはまさしく、イノベーションを起こすためのプロダクトを検討することと変わらない。新たなビジネスについて考えるためには想像力が必要で、そこではSF創作と類似の思考が要請される——。

アリ・ポッパーは、SFという〈想像力の物語〉を、新しいプロダクトやサービスを考案するきっかけとして活用するビジネスを思いつきました。彼は、自分が専業のSF作家になれるとは思いませんでしたが、自分が、SFを使って何か新しいビジネスができるとは思ったのです。

そうして彼は、創作講座の終了後、会社を立ち上げるに至ったのでした。

サイフューチャーズには、ケン・リュウなどの、世界文学の最前線で活躍する作家を含む、総勢三〇〇名程度のSF作家たちが在籍し、企業などのためにオーダーメイドの物語を書いています。ケン・リュウはサイフューチャーズでの仕事について、『WIRED』からの取材に対して次のように語っています。

単発の仕事としてはそれほどギャラがいいわけではありません。ただ、将来的に自分も使う可能性のあるテクノロジーの開発を左右することになるかもしれないのです。少なくとも、実際に開発への投資決定を下す企業の経営者に読んでもらえる可能性があります。

（WIRED「Sci-Fiで描かれた〝未来〟が、わたしたちの〝現在〟を変える」）

同社には現在、VISA、フォード、ペプシコ、サムスン、インテル、FOXチャンネ

ルといった企業のほか、ＮＡＴＯといった大規模組織とのプロジェクト実績があると言います。

日本でも二〇一九年に、Anonというスタートアップ企業が設立され、大小問わず、国内企業へのＳＦプロトタイピング／コンサルティングを提供しています。ちなみに余談ですが、Anonには二〇二〇年よりわたしも参画しており、わたしはそこでＣＳＦＯ（Chief Sci-Fi Officer）という役職を務めています。

AnonのＣＥＯである森竜太郎さんは、Anonを立ち上げる以前は、空飛ぶ車の開発プロジェクトや培養肉の開発プロジェクトといった事業の立ち上げ・運営を行っており、その過程でＳＦプロトタイピングという言葉を知ったと言います。森竜太郎さんは次のように語っています。

> 私にとってSFは「読むもの」でも「見るもの」でもなく、「やるもの」だったんです。従来、SFは多くの技術者や科学者をインスパイアしてきました。その結果として社会経済が発展して来た歴史があります。そこで、自然発生的に生まれたこの現象を、より体系的に実現しようと考えたのが創業理由です。
>
> （COLLABRI「SFプロトタイピングでSFと企業をつなぐ。」）

インテル社に勤めるフューチャリストであり、自身もＳＦ作家であるブライアン・ディビッド・ジョンソンは、ＳＦプロトタイピングについて、「未来に関する対話に必要な言語を与えてくれるのがＳＦであり、その言語を開発するためのツールが、ＳＦプロトタイプなのである」と語り、ＳＦプロトタイピングに一種の定義を与えています。著書の中で、彼はＳＦプロトタイピングの効用について次のように書いています。

ＳＦプロトタイプの目標は、テクノロジーと未来に関する対話を始めることにある。これはとにかく重要なことで、なぜかというと、未来は定まっていないからだ。科学やテクノロジーの効果は、本質的に前もって決まっているわけではない。人々の毎日の行動によって、未来は作られるのだ。未来を形作るのはわれわれ自身なのである。だからこそ、自らが住人になりたいと思うような未来を語る必要があり、避けなければならない未来もまた探求しなければならない。

（『インテルの製品開発を支えるＳＦプロトタイピング』三八頁）

繰り返すように、ＳＦプロトタイピングは決して未来を予測するために行われるものではありません。そもそも未来は無数にあり、すべての未来を予測することなどできはしません。

しかし時代が変わるとき、歴史が動くとき、そこにはつねに、それまでの時代、それまでの歴史からは予想もできない、まったく新たな想像力が介在します。本書ではそれをＳ

Ｆと呼び、本書で扱うＳＦプロトタイピングとは、小説やコミック、映画のストーリーで未来の世界を描き出し、未来世界の「仮説」を共有するための開発ツールなのです。

「現実」に実装されつつあるテクノロジー

わたしたちは、わたしたちの生活を便利にするために、テクノロジーを発展させ続け、そしてテクノロジーは実際に――それを「少しずつ」ととらえるか、「急速に」ととらえるかは人によりますが――発展し続け、社会を変え続けています。

コンサルタントとして働くなかで、ここ数年、クライアントから「ＳＦみたいな世の中が来てるんですねえ」とか「そんなＳＦ映画みたいなことができるんですね」と言われることが増えてきています。

わたしはコンサルタントである一方で、ＳＦ作家でもあり、普段からさまざまなＳＦ小説を読んでいるので、現実に実装されたテクノロジーを見ただけで「ＳＦみたい」などとは考えないのですが、けれどそう思う気持ちはわかります。

実際、ＡＩやＩｏＴ、ウェアラブルデバイスやＶＲ／ＡＲ、デジタルツインといった技術は、過去に何度もＳＦのなかで描かれてきたものですが、ここ数年で実装可能なものとなり、「現実」のものとして市場に出回っています。

リサーチ／コンサルティング会社のガートナー社は、毎年、「ハイプサイクル」と呼ばれる、特定テクノロジーの流行度合いや定着度合いを示したグラフを発表しています。二〇二〇年版では、VRやAR、MRによって、人がさまざまなデジタル世界を体験できる「マルチエクスペリエンス」といったテクノロジーや、ウェアラブルデバイスの高度化によって、人の身体能力や認知能力を拡張し強化する「ヒューマン・オーグメンテーション」といったテクノロジーのほか、AIが搭載され自律運動や判断が可能となった「モノ」が、人の作業を代替する「自律的なモノ」といったテクノロジーが、注目すべきトレンドとして挙げられています。

ガートナーのハイプサイクルは、コンサルティング企業やテクノロジー企業だけでなく、政府や事業会社も参考にしており、ハイプサイクルに掲載されたテクノロジーは、ほぼ確実に「現実」を実装していくものだと言えます。

ガートナーのハイプサイクルは一つのわかりやすい例ですが、ハイプサイクルを引くまでもなく、わたしたちはいま、SFの世界を生きています。これは、わたしの妄想でもなければ夢想でもなく、端的な事実なのです。

もっと正確に言えば、わたしたちはいま、かつてはSFでしか描かれることのなかった世界を生きている――「マルチエクスペリエンス」や「ヒューマン・オーグメンテーション」、「自律的なモノ」といったテクノロジーは先端的なトレンドですが、既に人口に膾炙したもので、身近な例を挙げるとすれば、あなたがいま、日常的に使っているスマートフォンやタブレット、ヘッドマウントディスプレイなどもまた、すべて、一九六〇年代から一九八〇年代にかけて、ＳＦ小説やＳＦ映画のなかで繰り返し描かれてきたものです。

いきなりそう言われて半信半疑な方には、試しに『スタートレック』シリーズを観ていただくとよいでしょう。『スタートレック』のなかでは、あなたが「現代的」と考えるガジェットの多くが、ＳＦ的想像力が描き出した、「未来／虚構の道具」として登場しています。

ＳＦは未来を描くフィクションですが、過去のＳＦが描いた未来は、いまでは現在になっているのです。

米国テック企業における影響力

宇宙船も、ロボットも、インターネットも、最初はすべて、フィクションとして想像されたものでした。

宇宙船やロボットはまだ、それほど身近なものではないかもしれませんが、本書を手に取る読者の中から、インターネットを利用したことのない人などは、見つけることはほとんど不可能と言えるでしょう。かつて原子力開発や宇宙開発を創造し、予測し、計画を推進してきたＳＦの想像力は、インターネットでつながる現代のわたしたちの姿も、古くから描いてきました。

インターネットから連想されるＳＦで最も有名なのは、ウィリアム・ギブスン『ニューロマンサー』の存在です。

ウィリアム・ギブスンは伝説的なSF作家で、SFファンなら知らない人はいないような巨匠なのですが、仮にギブスンの名や「ニューロマンサー」という言葉は知らなくとも、たとえば「サイバースペース」という言葉を知らない人はいないでしょう。あるいは、『ニューロマンサー』に大きな影響を受けた『攻殻機動隊』や『マトリックス』といった作品を知らない人も、それほど多くはないと思います。

ギブスンは、代表作『ニューロマンサー』において、いまや誰にとっても当たり前の存在となっている「インターネット」が、影も形もなかったころに、世界で初めて「サイバースペース」という概念を提示し、その後のインターネットの構想に大きな影響を与えました。

余談ですが、インターネットが普及しはじめた九〇年代、わたしは小学生だったのですが、そのころはまだ、インターネットがこれほどまでに社会に浸透するとはほとんどの人が思ってなかったように思います。インターネットはただの子どもの遊び道具、ひまつぶしのおもちゃだと、多くの大人は思っていました。インターネットには嘘しか書かれておらず、調べ物は図書館でするものであり、公の場でインターネットの情報について話すなど馬鹿のすることである——九〇年代にはそういう雰囲気がありました。私見では、「IT＝若者文化」という構図は二〇一〇年頃まで残っていたと思います。二〇一〇年代以降、IT関連企業の時価総額が一気に上がり、それまではベンチャー企業と見なされていた

Google、Amazon、Facebook、Appleが「ＧＡＦＡ」と呼ばれはじめたころからやっと、「ＩＴ＝社会インフラ」という構図が、あらゆる層で自明視されはじめたように思います。

現代は、インターネットがインフラとなり、サイバースペースの存在が前提化され、あらゆるものが接続されデータ化されアルゴリズムで解析され、絶えずソフトウェアとハードウェアの世界が交叉する時代ですが、こうした世界観は『ニューロマンサー』から始まったと言っても過言ではありません。二〇一〇年にとっての「当たり前」の現実の萌芽は、三〇年前のフィクションの中に、すでに存在していたのです。

あるいはニール・スティーヴンスンのサイバーパンクＳＦ小説『スノウ・クラッシュ』は、「メタバース」と呼ばれる仮想世界のビジョンを提示し、グーグルの創業者セルゲイ・ブリンやPayPalの創業者であるリード・ホフマンとピーター・ティールに影響を与えていますし、アマゾンの創業者ジェフ・ベゾスはスティーヴンスンのもう一つの傑作『ダイヤモンド・エイジ』に登場する、インタラクティブな物語生成ソフトウェアから着想を得て、Kindleを生み出したことが知られています。

ニール・スティーヴンスンが現代のエンジニアたちに与えた影響は計り知れないものがあり、「メタバース」などはもはや、テック業界においては一般名詞のように使われており、ＩＴコンサルタントのような仕事をしていると、スティーヴンスンの小説を読んだことのない人でも「メタバース」という概念は知っている、といった事態に遭遇することが多々あります。

Oculus VRのチーフサイエンティストとして知られるプログラマ、マイケル・アブラッシュも、自身の愛読書にニール・スティーヴンスンを挙げているほか、近年ではアーネスト・クラインやヴァーナー・ヴィンジからの影響を語っています。

ＳＦとベンチャー企業の事業内容との親和性は明白ですが、いまやＩＴ業界の古株であるマイクロソフトのような会社においてもそうした傾向は見られ、たとえば、マイクロソフトのテクノロジー・アンド・リサーチ上級副社長のハリー・シャムは、「ＳＦが科学技術の未来を牽引し、科学技術の進歩がＳＦにもっと未来を想像させる」と主張し、一九六〇年代の中国で育った自身のキャリアにおいて、科学技術や宇宙開発やコンピューティング技術が発展し、同時にＳＦ小説やＳＦ映画がメジャーになるなど、ＳＦも科学技術も、ともに発展した時代だったと振り返っています。

マイクロソフトでは二〇一五年、一〇名のＳＦ作家を招いて編集したＳＦアンソロジー『フューチャー・ヴィジョンズ（Future Visions）』を無料公開し、マイクロソフトが思い描く未来のビジョンを、ＳＦ小説のかたちで世に問いました。作品は、マイクロソフト・リサーチの研究内容に基づくもので、研究員とＳＦ作家のディスカッションを経て書かれ、量子コンピューティング、機械翻訳、機械学習、ＳＥＴＩ、人工知能、ウェアラブルコンピューティング、感情の共有、仮想現実、異星文明とのファーストコンタクト、未来予想といった題材が扱われました。

ここからは、マイクロソフトのような世界的大企業で、まさに「イノベーションのジレンマ」が起きやすい構造を持った組織であっても、ＳＦの力を借り、スペキュレイティブな物語を何度も描き直すことで、絶えずイノベーションを起こそうとしていることがわかります。

国家戦略の礎

政府の取り組み、あるいは国家全体の政策においてＳＦを取り扱う事例も枚挙にいとまがありません。独立心の強い国家においては長らく、ＳＦが国家戦略の礎となってきたのです。

ジュディス・メリルは、アメリカという国にとって、ＳＦがいかに重要だったか、ＳＦ評論集『ＳＦに何ができるか』の中で次のように書いています。

アメリカＳＦは、宇宙時代の百科事典の役割を果したといってもまちがいないだろう。初期の科学小説の作家は、著しく福音唱道的だった。宇宙飛行、原子力、サーボ機構、効率のよい汎世界的な視聴覚通信網、水耕農園、必要資材の化学合成などが、実現可能であり、実現される日の近いことを、当時の彼らはすでに知っていた。基本的原理はすでに存在していた。技術のポテンシャルもすでに存在していた。欠けているものは、二つだけだった。経済的な誘発刺激と、一般大衆の受けいれ態勢だけである。第二次世界大戦中に、ロケットと原子力の突貫計画への誘発刺激（これは正確には経済的なそれではない）が現れたとき、すでにSFは、そうした可能性を公共財産になしおえていた。そして、その発展のための無数の具体的なアイディアが、原稿紙の上やファンの討論会の席上で、試みつくされていた。（五〇頁）

SFで描かれてきた爆撃機や原子爆弾や水素爆弾は、アメリカにおいて現実化され、そして衛星軌道上にレーザー衛星やミサイル衛星を配備する構想は、アメリカにおいて、実現こそされなかったものの、実現に向けて本気で構想され計画されていました。この構想はまさに、まるで「スター・ウォーズ」のようなSF的なものとして、当時から通称「スター・ウォーズ計画」と呼ばれていました。補足ですが、H・ブルース・フランクリン『最終兵器の夢』では、のちに大統領になるトルーマンがSF雑誌を毎号楽しみに読む姿や、SF雑誌『アスタウンディング』に掲載されたSF小説が、当時極秘で開発が進められていた原子爆弾の機密を漏らしたとの疑いがかけられ、政府の調査を受けるエピソードなどが紹介されています。

アメリカは、未来とは人工的に操作可能である、という認識が人々の中に深く根付いている国です。アメリカにとってSFとは、単なる子どもだましの夢物語ではなく、常に未来への指針でもありました。アメリカという国はそもそも自然発生的に生まれた土着的な国家ではなく、開拓者たちによってつくられた人工国家であり、政治においても社会においても文化においても、建国の精神であるフロンティア・スピリットが通奏低音として流れています。宇宙へ行くこと、世界を統一すること、そしてサイバースペースを新たな地平として見なすこと――アメリカＳＦに見られるそうしたモチーフは、すべてフロンティア・スピリットの顕現なのだ、と読むこともできます。そこには、人間の力によって自然を開拓し支配し統御しようとする意志の力があります。フロンティア・スピリットという意志の中では、フィクションとリアルの境界は曖昧になります。なぜならフロンティアとは、存在するのか存在しないのかわからないもの、つねに可視と不可視のあいだにあるものだからです。

アメリカは、可視と不可視の境界を曖昧にしながら発展してきた国です。そのために、（それはときにはプロパガンダとしての危険を孕むものでもあるものの）アメリカＳＦはその最初期から、フィクションでありながら、ただのフィクションとしてのみならず、リアルな科学や政治の場において、ありうる未来世界の一つの姿として読まれ、それぞれ影響を与え合う、フィードバック・ループの内にあったのです。

また、そうした傾向――アメリカにおける科学／政治におけるＳＦの利活用――は、現代においても変わりません。むしろ、その傾向は強まっているとさえ言えます。

次の例として、現代のアメリカ海兵隊に目を向けてみましょう。

世界中で、多くのテック系企業がＳＦ作家をコンサルタントとして雇用していることは

3 世界におけるＳＦとビジネスの関係

知られていますが、SFの国とも言える米国では、民間企業だけでなく、NATOや海軍といった政府関連組織でもSF作家をコンサルタントとして招き入れています。

海兵隊が発行する雑誌『マリーンズ・マガジン（Continental Marines magazine）』では、上級士官向けには、「来るべき世界を想像し、それに備えるために必要な投資が何かを考える」ことを目的に、下士官向けには、「彼らが上級士官となったときにどんな世界が訪れているかを想像し、そうした未来が現実になったときに動揺しないようにする」ことを目的に、SFコラムを掲載しています。

また、ヴァージニア州クワンティコにある海兵隊戦闘研究所の未来理事会は、二〇一六年、上級士官を対象として、「未来に起こりうる脅威」に対する想像力を働かせるために、SF作家とペアを組んでSF小説を書かせるワークショップを開催しています。ワークショップは数ヶ月にわたって執り行われ、その結果制作されたSF小説は、『SFの未来：海兵隊安全環境予測 2030-2045（Science Fiction Futures: Marine Corps Security Environment Forecast 2030-2045）』と題されたうえで、まとめて発表されています。

また、イギリスで一九九〇年に設立された「戦略的コミュニケーション研究所」は、各国政府、特に軍部を主なクライアントとして、世界各地で軍事心理戦や工作活動を請け負ってきたシンクタンクですが、彼らの携わった代表的なプロジェクトの一つに「マイノリティ・リポート・プロジェクト」というものがありました。「マイノリティ・リポート」

とはフィリップ・Ｋ・ディックの短編小説で、映画化もされている代表作です。舞台は二〇五四年のワシントン。犯罪予防局と言われる、文字通り、犯罪を予知することによって未然に犯罪を防ぐ組織が設立されている世界であり、そこでの殺人発生率はゼロパーセントになっています。物語はそこから、主人公が殺人を犯す未来が予知されることで、予知システムの来歴と事件の真相を探るべく展開していきます。

そこでは、ユートピアがディストピアへと反転していくさまがかなりはっきりと描かれており、ディックは犯罪予防が行われる世界をディストピアとしてとらえていることがわかるのですが、戦略的コミュニケーション研究所における「マイノリティ・リポート・プロジェクト」はそうではありませんでした。ディック作品にちなんで命名されたそのプロジェクトは、トリニダード国家安全保障省をクライアントとしてスタートし、「データを使って犯罪に走りそうなトリニダード人を見つけ出したい」「それが可能なら、いつどのように犯罪が起きるのか予測したい」という、同省の依頼に応えるために進められたものでした。そのプロジェクトでは、トリニダード政府が保有する世論調査のデータが、一切編集されない生のまま取り扱われ、匿名加工されていない個人のデータがそのまま分析されたと言います。トリニダード政府はその分析結果を用いて、犯罪予測のみならず、人間行動一般を予測するツールを作り、選挙活動に役立てることを目指していました。要するにトリニダード政府は、「データによって犯罪を抑止する」だけではなく、「データによって有権者を操作する」ことを目的に、「マイノリティ・リポート・プロジェクト」を立ち上げ進めていったのです。

「マイノリティ・リポート・プロジェクト」に携わった戦略的コミュニケーション研究所のメンバーの一人であり、のちに選挙コンサルティング会社「ケンブリッジ・アナリティカ」に参画したクリストファー・ワイリーによれば、このときに得られたデータマイニングとシミュレーション、ターゲティングの知見が、政治スキャンダル「ケンブリッジ・アナリティカ事件」（ケンブリッジ・アナリティカ社がフェイスブックのユーザーデータを解析し、ブレグジットやドナルド・トランプ支持に傾きやすいユーザーをプロファイリングすることで、ターゲティング広告を用いた情報操作を裏で行っていたという事件）に応用されていると言います。アメリカ史上最悪の大統領とも言われるドナルド・トランプ政権の四年間で、アメリカでは世相を反映してか、ジョージ・オーウェル『一九八四年』やオルダス・ハクスリー『すばらしい新世界』などのディストピアSFのリバイバルが起きましたが、トランプ政権の立役者のバックボーンには、これまたディストピアSFの代表作である「マイノリティ・リポート」があると考えると、それ自体（それが起きてしまったこの現実自体）がフィリップ・K・ディックの描いた小説世界であるかのような、なんとも言えない奇妙な感覚に陥ります。

SFには魔術的な力、常識的に思考しているだけでは得られることのない、強大なイメージの力があります。そこには善も悪もなく、ただ純粋な強さだけがあります。フィリップ・K・ディックを源泉とする、強いSF的想像力によって進められていった「マイノリティ・リポート・プロジェクト」は、ディックの見た悪夢と同様に、あるいはそれよりもグロテスクなかたちで現実化してしまったものであり、ＳＦプロトタイピングにおける近年の代表的な悪用事例として、記憶にとどめておくべきだと言えるでしょう。

中国共産党主導のＳＦ大会

ところで、ＳＦを国家戦略に活用するというのは、かつてはアメリカの専売特許でしたが、最近では、こうした動きはアメリカだけにとどまるものではありません。

近年、「デジタル・レーニン主義」と呼ばれるデジタル化政策を掲げ、共産党主導で急速に国全体のデジタル化を推し進めている中国も、ＳＦ作品を国家ビジョン構築の参考にしている。イギリスのＳＦ作家ニール・ゲイマンによれば、二〇〇七年に中国で行われた「党主導のＳＦ大会」において、共産党幹部と対話したところ、共産党幹部はＳＦ大会を共産党主導で開催することについて、次のように語ったといいます。

この数年間、私たちは製造業で素晴らしい功績を残してきました。iPod を製造し、電話を製造してきたのも私たちです。私たちは世界の誰よりも製品を製造することに長けていますが、製品のアイディアを考え出したのは私たちではありません。そこで、アメリカに訪れ、Microsoft、Google、Apple などから話を聞くことにしたのです。そこで働く人々に

私たちは沢山の質問をしました。それによって分かったのは、彼らが皆ＳＦ小説を読んでいるという事でした。だからこそ、ＳＦ小説を読むことは良いことなのかもしれないと考えたのです。

（TechCrunch Japan「起業家はＳＦ小説を読むべきだ」）

中国ではここ数年、ＳＦ業界が急成長を遂げており、二〇一八年の総生産額は七〇〇〇億円を超えています。劉慈欣『三体』の世界的な大ヒットや、同作家の短編小説を映像化した超大作ブロックバスターＳＦ映画『流転の地球』の大ヒットを受けて、中国では空前のＳＦブームが起きているのです。

中国では、北京市西部にＳＦ産業の集積地をつくる計画、通称「ＳＦ都市」建設計画も進行していると言います。ＳＦ都市の広さは総面積約七一・七ヘクタール、建設面積約一六万平方メートルになる予定で、そこにはＳＦ国際交流センターやＳＦ技術推進センター、ＳＦ消費者体験センターといった施設の建設が計画されているほか、ＳＦをテーマとした遊園地の建設も計画されています。中国国家電影局と中国科学技術協会は二〇二〇年の八月に「科幻十条」というＳＦ映画に関するガイドラインを発表しており、ＳＦを通して人材育成や研究開発、国際交流を支援していくことを掲げています。ＳＦ都市においても前述の三つのセンターのほかに、グラフィック作成・デジタル撮影・著作権取引サービスをワンストップで扱えるプラットフォームが構築される予定となっており、中国では今後、ますますＳＦの存在感が増していくものと言えそうです。

ＳＦは、技術が急激に発展し、社会が急激に変動する国にあって発達し、定着し、拡散していくという傾向がありますが、いまの中国はまさに、ＳＦに突き動かされ、ＳＦを突き動かす土壌が整っている状態にあるのだ、と言えるかもしれません。

日本政府におけるＳＦ的なビジョン

翻って、日本政府の動向にも目を向けてみましょう。

前述の総務省によるＳＦ作品の執筆・発表のほか、内閣府の政策の中には、明示的には「ＳＦ」という言葉は使っていないものの、明らかにＳＦからの影響が見て取れる活動があります。それが「ムーンショット目標」です。ムーンショットという言葉はアメリカのアポロ計画に由来するもので、一般に、実現が困難かつ莫大な費用がかかる一方で、実現した場合には社会に大きなインパクトを与える未来志向型の戦略を指します。

総合科学技術・イノベーション会議が定義するムーンショット目標では、「ＡＩとロボットの共進化により、自ら学習・行動し人と共生するロボットを実現」することや、「人が身体、脳、空間、時間の制約から解放された社会を実現」することなどが掲げられています。

後者の目標について確認すると、目標はさらに二つに細分化されており、「誰もが多様な社会活動に参画できるサイバネティック・アバター基盤」の構築と、「サイバネティック・アバター生活」の実現というターゲットが見据えられています。前者については、「二〇五〇年までに、複数の人が遠隔操作する多数のアバターとロボットを組み合わせることによって、大規模で複雑なタスクを実行するための技術を開発し、その運用等に必要な基盤を構築する」、「二〇三〇年までに、一つのタスクに対して、一人で一〇体以上のアバターを、アバター一体の場合と同等の速度、精度で操作できる技術を開発し、その運用等に必要な基盤を構築する」と説明されています。後者については、「二〇五〇年までに、望む人は誰でも身体的能力、認知能力及び知覚能力をトップレベルまで拡張できる技術を開発し、社会通念を踏まえた新しい生活様式を普及させる」、「二〇三〇年までに、望む人は誰でも特定のタスクに対して、身体的能力、認知能力及び知覚能力を強化できる技術を開発し、社会通念を踏まえた新しい生活様式を提案する」と説明されています。

ここに描かれている未来の姿は『ニューロマンサー』などのサイバーパンクＳＦそのもので、公表された際にもインターネットでは、士郎正宗によるＳＦ作品『攻殻機動隊』との類似性を指摘する声が多く上がりました。『攻殻機動隊』の世界ではマイクロマシン技術が発達しており、脳はマイクロデバイスを通じて常時ネットワークに接続されており、人間の脳を始めとする生体は、あたかも一つのコンピュータのように扱われます。

ムーンショット目標が実現するということは、『攻殻機動隊』の世界が限りなく近くなるということです。すべての意識が接続された電脳空間は利便性が高い一方で、『攻殻機動隊』では、人の意識に対するハッキングやクラッキング、脳を侵すコンピュータウイルスなどの新たなサイバー犯罪が描かれます。ムーンショット目標では『攻殻機動隊』という具体的な作品名に触れられることはないものの、ムーンショット以降の世界では、そうした新たな脅威が出現する可能性があるということ、そうした新たなリスクへの対策も検討する必要があるということを、私たちは『攻殻機動隊』のようなＳＦ作品を読むことで気づくことができるのです。

日本企業のＳＦ活用例

日本政府の事例を確認したところで、日本の民間企業の類似事例についても触れておきましょう。

内閣府、総合科学技術・イノベーション会議同様、明示的に「ＳＦプロトタイピング」とは呼んでいなかったり、また、ＳＦプロトタイピングとまではいかないまでも、ＳＦに活路を見出そうとしてきた日本企業は存在します。

たとえばＮＥＣは二〇一七年に「ＮＥＣ未来創造会議」を発足し、以降ＳＦ的なビジョンについて語り合うイベントを継続的に開催しています。

この会議では「シンギュラリティ以後の二〇五〇年を見据えて、国内外の有識者が集い、今後の技術の発展を踏まえながら、「実現すべき未来像」と「解決すべき課題」、そして「その解決方法」を構想」することを目指して発足しました。

二〇二〇年現在に至るまでの複数回、同社プロジェクトメンバーは、SF作家の長谷敏司や、「スペキュラティヴ・デザイン」を提唱するデザイナーのアンソニー・ダンといった有識者とともに未来に向けたディスカッションを展開しています。

第一回の公開セッションにおいて、SF作家の長谷敏司は、「人はフィクションなら見てくれるんです」と、フィクションの持つ力について語っています。長谷の主張をかいつまんで紹介すると、新しいテクノロジーとは、それのみで存在するのではなく、カルチャーとのひもづけによって社会に溶け込んでいくのだということです。フィクションを通してテクノロジーがもたらすできごとをデザインし、ビジュアライズを積み重ねることでカルチャーが醸成されていくのが重要なのだ、と長谷は指摘します。

未来創造プロジェクトは、二〇五〇年の世界がどうなっていくのか、そのとき、NECのような大企業はどうあるべきなのか、ということを考えるために企画された取り組みです。同プロジェクトに参画するNECのメンバーは、「二〇五〇年っていまから三二年後ですよね。そもそも三二年も生きていないし、それくらい先のことを考えるのが面白そうだなと思ったんです」と、驚くほどシンプルに、あっけらかんと語っています。未来について考えるためには、未来に向けた何かの行動を起こすには、このくらいシンプルに、楽観的である必要があるのでしょう。シンプルであること、そして楽観的であるということは、それだけで既にイノベーティブなことなのかもしれません。

同会議は作品という形でアウトプットをまとめているわけではありませんが、通常の業務から離れた〈オルタナティブ〉な議論を交わすことで、遠い未来のビジョンを醸成させているという点では、ＳＦプロトタイピングという思想に共通する点があります。

そのほか、近年行われた企業とＳＦ作家のコラボレーションというものでは、リコーの「西暦２０３６年を想像してみた」という企画や、清水建設とＳＦ作家クラブによる「建設的な未来」という企画が挙げられます。

前者では、瀬名秀明、円城塔、柴田勝家、倉田タカシなどのＳＦ作家へのインタビューおよび、同作家のＳＦショートショートが掲載され、後者には草上仁、門田充宏、新井素子が参加し、ＳＦ小説を寄稿しています。

また、類似の企画では日産自動車の試みも記憶に新しいです。同社は二〇一九年の一一月、「日産未来文庫」という電子書籍レーベルを立ち上げ、二〇二〇年の一月三〇日までの期間限定で、『答え合わせは、未来で。』というタイトルのＳＦアンソロジーを発売しました。これは「自動運転社会の未来」をテーマに、七人のＳＦ作家による短篇小説を収録したもので、小川哲、長谷敏司、藤井太洋、宮内悠介といった第一線のＳＦ作家たちが参加し、各々異なる複数の「自動運転社会の未来」を提示しました。

余談ですが、ＳＦ作家が企業とコラボレーションしてＳＦ小説を書くというのは、日本ＳＦ史においてもしばしば見られる光景であり、星新一が東京電力の広報誌にＳＦショートショートを書いていたのは有名な話として知られています。

このような、ＳＦ作家と企業のコラボレーションによる未来の姿の提案もまた、一つのＳＦプロトタイピングのかたちであると言えるかもしれません。

〈ＳＦプロトタイピング〉をはじめる

パート2

1 自由な思考・議論のためのマインドセット

目を開けたまま夢を見るためのツール

これまで見てきたように、SFとは「ここではないどこか」を描いた虚構であり、SF小説を読むことは、「ここではないどこか」を覗き込むこと、そして、SF小説を書くということは、「ここではないどこか」を生きるということです。

SFプロトタイピングとは、SF小説を書くこと＝「ここではないどこか」を生きることを、ビジネスに活用しようとする考え方です。先に触れたとおり、元々はインテル社に勤めるフューチャリストであるブライアン・デイビッド・ジョンソンが提唱した概念で、彼によれば、「SFプロトタイプは、虚構によるプロトタイプの一種として、新しいレンズをもたらしてくれる。そのレンズを通せば、新しい理論を別の形で見ることができる。それによって自由な考察ができ、最終的には、より先の段階にまで行ける」というものです。

あるいはもっと簡単に、ここでは、「SFプロトタイピングとは、目をあけたまま夢を見るための思考ツールである」と言い切ってしまいましょう。

表現はいろいろありますが、重要なのは要するに、妄想を用いて「ぶっ飛ぶこと」です。ＳＦプロトタイピングを用いることで、現在の延長線上にはない、「ぶっ飛んだ未来」を思い描くことが比較的容易になり、ただブレストしたり、ただデザインシンキング・ワークショップを開いたりするよりもずっと、自由な思考・自由な議論が可能になります。

たとえば新規の製品企画を行う際には、「その製品のある風景」を「ＳＦの物語」として描くことで、製品設計を単一の「点」としてではなく、連続的な「線」、広がりのある「面」、あるいは、構造的な「立体」としてとらえられるようになります。

多くの場合、製品企画ではまずは目的を定義し、次にスコープを定義し、設計・実装と進んでいきますが、そうではなく、目的定義の代わりに最初にＳＦプロトタイピングを入れることで、「制約に縛られない〈ぶっ飛んだ未来〉に向けた企画」を検討することが可能になります。そのため、ＳＦプロトタイピングを用いたプロダクト／サービス企画のプロジェクトは、次のように進むことになります。

1．ＳＦプロトタイピングの実施

最初にＳＦプロトタイピングで「ここではないどこか」についての想像をめぐらせ、議論することで、制約に縛られない「ぶっ飛んだ未来」に向けた企画を行うことができます。

また、物語を通して製品のある世界を疑似体験することで、「点から線」へ、「線から面」

へ、「面から立体」へと、製品の置かれる文脈を複雑に把握することができるようになる、というのも、SFプロトタイピングの効用として挙げることができます。

2．スコープ定義

次に、SFプロトタイピングで作られた物語に基づき、未来から逆算してロードマップを作成します。ロードマップに基づき、直近で、技術的に実現可能なスコープを定義する、というのは一般的なプロジェクト計画と同様ですが、SFプロトタイピングの場合は、「思い描かれたこと」と「直近着手可能なこと」の差分が、必然的に大きくなるため、具体的なプロダクト／サービスに落とし込む際には、綿密なスコープ定義が必要です。

3．設計・実装

SFプロトタイピングとプロダクト化のスコープ定義を行ったのち、実現可能なプロダクトの製作に着手します。プロダクト／サービスのリリースの際には、SFプロトタイピングで作成した物語とロードマップをあわせてユーザーに向けて公開することで、直近のプロダクト／サービスが、未来から見てどのような位置づけになっているのか――つまり、バックキャスティングされた現在が、未来のビジョンにとってどのような意味があるものなのか――ということがわかるようにすると、事業戦略として理解されやすくなります。

ＳＦプロトタイピングとは要するに、真面目な顔をして現状を把握し、課題を分析し、そこから仮説を提示するのではなく、現状から遠く離れ、「本当にほしい未来」をいきなり考えるためのツールなのです。

二つのアプローチ

未来を考えるためによく使われるアプローチには、大きく分けて、「フォアキャスティング・アプローチ」と「バックキャスティング・アプローチ」というものがあります。

フォアキャスティング・アプローチは、一言で言えば現実ドリブンのアプローチであり、既に実在する技術を組み合わせ積み上げることで、現状から未来を考える思考法であると言うことができます。

一方バックキャスティング・アプローチは、一言で言えば妄想ドリブンのアプローチであり、理想の未来を思い描きそこから逆算することで、未来から現状を考える思考法であると言うことができます。

フォアキャスティング・アプローチの特徴は、「確実性は高いが、イノベーティブになりくい」というものであり、バックキャスティング・アプローチの特徴は、「(フォアキャスティングに比べて) 確実性は低いが、イノベーティブになりやすい」というものです。

ただ、フォアキャスティングとバックキャスティングのどちらが優れているか、ということは無条件に断定できるものではなく、SFプロトタイピングでも、それを行う目的や作品のありかたによって、フォアキャスティングで行われることもあればバックキャスティングで行われることもあり、また、その両者が混ぜ合わせられることもあります。

しかし、なんの手がかりもなく「バックキャスティングで考えましょう」と言われて、いきなりバックキャスティングな遠い未来を想像することは、多くの人にとっては難しく、あまり現実的ではありません。

そこで、「フィクション／物語の力を借りて、バックキャスティングをしやすくしましょう」というのが、本書の趣旨です。

SFプロトタイピングは、フィクションという広場で遊ぶことで思考の枠組みを外し、それによってバックキャスティング・アプローチを容易にします。そのために、バックキャスティング・アプローチをとる場合には、SFプロトタイピングが効果的であると言えるのです。

イノベーションのジレンマを打破するために

手っ取り早くイノベーションを起こすためには、バックキャスティングによる戦略策定が必須になります。「イノベーションのジレンマ」を打破し、イノベーティブであり続けるためには、バックキャスティング・アプローチをとることで、過去の成功体験を忘れ、凝り固まった組織のありかたから逃れることが必要です。

イノベーティブであるためにはゼロベースで考える必要があります。しかし、もともと何もないところから何かを始められるなら、ゼロであるがゆえにイノベーティブでいられますが、二一世紀の日本に生きる組織人の多くは、既存の、高度に発展した官僚機構の中に組み込まれ、大量かつ複雑な制約事項を前提として働いているために、なかなかゼロベースにもなれず、ゆえにイノベーティブにもなれないというのが正直なところでしょう。そしてそれが悪循環を生んでいるということも知りながら、どうすればそうした現状が打破できるのかがわからない、という方がほとんどなのだと思います。

一般論として、現在多くの日本企業が混乱の中にあることに疑いを持つ人はいないでしょう。失われた三〇年と呼ばれるデフレ不況の時代の中で、「ジャパン・アズ・ナンバーワン」と呼ばれた頃の記憶は失われています。この本を手に取る読者の多くが（わたしと同じように）、強かった頃の日本の姿を知らないでしょう。日本人のほとんどはもはや、イノベーションの経験も、その記憶すらも持っていないのです。

わたしは、コンサルタントという立場で、多くの企業人の悩みや愚痴を聞くことがあるのですが、彼らが口にする悩みは共通しているように思えます。曰く、「これからの市場ニーズがわからない」、「これからのテクノロジーのトレンドがわからない」、「新たなテクノロジーがどう新しいのかがわからず、投資しようにも費用対効果がわからない」、「新たなテクノロジーの効果がわかっても、それをどう新たな戦略に結びつければよいのかわからない」、あるいは仮に、企画の着想が湧くところまで漕ぎ着けることができたとしても、その企画が誰にどのように訴求して、社会にどのような影響を与えるのかを株主に説明することができない、株主に説明することができないから自信が持てない、等々。

　要するに彼らは一様に、「わたしたちは未来を見失っている」のだと言っているのです。彼らは未来を見失っており、ゆえに未来と現在がどのようにつながっているかがわかっておらず、そのため自分たちがどこに進むべきかがわからなくなっているのです。

　もちろん彼らはロジカルシンキングのフレームワークを持っており、データ・アナリティクスの基盤を整備しており、複数人のデータアナリストをかかえています。彼らは現在を可視化し分析することには長けており、そうすることで、彼らは自分たちが未来を見つけられるはずだと信じているのです。しかし、彼らは未来を見つけることができません。そんなとき、彼らは自分たちが、まだまだ現在を正確にとらえきれていないのだと考えます。彼らはさらに現在を可視化することに向けてコストを投資してゆきます。彼らはより多種多様なデータを、より解像度の高いデータを分析しようと試みます。それでもまだ、データの中から未来は見つけられません——。

　考えてみれば当然のことなのですが、現在に未来はなく、現在を参照するロジカルシンキングの先に未来はありません。エビデンスの先に未来はありません。エビデンスは過去を縮小再生産し、エビデンスは過去を現在にし、過去でできた現在を未来にすりかえようと働きます。

ジェリー・Ｚ・ミュラー『測りすぎ』は、このようなデータ／エビデンス偏重主義について、「測定されるものに労力を割くことで、目標がずれる」「長期的配慮を犠牲にして短期的目標が優先される」「リスクを取る勇気をくじく」「イノベーションを妨げる」といったように、さまざまな弊害を指摘しています。

ジェリー・Ｚ・ミュラーは書いています。

人は実績測定で判断されると、測定基準で測られることに注力するよう動機づけされる。そして測定基準が測るのはなんらかの確立された目標だ。だがそれはイノベーションを妨げる。イノベーションはまだ確立されていないこと、まさしくまだ誰も試していないことをやるものだからだ。イノベーションには実験が伴う。新しいことを試す際にはリスクが伴うし、そこには失敗の可能性が、おそらくそれなりの確率で存在する。実績測定がリスクを取る勇気を阻害するとき、意図せずして停滞を奨励してもいるのだ。（一七四頁）

測りすぎることは人に目的を見失わせ、人を数字の中に迷わせ、人を臆病にさせます。測定の中に未来はありません。未来はいま・ここにはありません。いまは存在しないニーズがわからないのは当然であり、どこを探してみても、存在しないニーズに説明根拠があるわけがありません。「事例は？」「エビデンスは？」「効果は？」といった、経験論をベースにした、「答えがどこかに存在することを前提とした思考」では、現在には存在するはずがなく、答えがあるはずもない、未来のニーズなど語れるはずがありません。未来のニーズは、結局のところ、ビジョンによって切り拓いていくほかないのです。

ブルーオーシャンに出るために

測りすぎること。測ることで安心を得ようとしてしまうこと。測ることがビジネスだと思いこんでしまうこと――。測りすぎの弊害に直感的に気づいている人は少なくなく、測ってばかりの状況を打破するべく、最近ではロジカルシンキングに代わって、「最先端の思考方法であるデザインシンキング」と称して、ホワイトボードに付箋を貼りつけ、アイディアを見栄え良くグルーピングするような作業が、一部の流行りモノ好きのビジネスパーソンのあいだで流行になりつつあります。デザインシンキングは、ビジネスはロジックだけで成立しているわけではない、という当たり前のことを多くの人に気づかせました。そういう意味ではデザインシンキングは、(思想を理解せず手法を採用するだけでも)一定の効果があるのだと言えそうです。

ところがこの流れもそううまくいっているわけではありません。パート1で触れたとおり、デザインシンキングは本来「デザイナーの思考」に何が起きているかを分析し、整理し、誰でもそのような思考ができるようモデル化したものですが、実態として多くの企業ではそれは、「思考」そのものではなく思考をしているかのように見せる「手段」として扱われています。そこでは、「デザイナーのように考えるプロセス」そのものではなく、「デザイナーのように見えるアウトプット」に焦点が当てられ、その結果、さまざまな企業の会議室で、たくさんの付箋が貼られたホワイトボードだけが大量に生まれているのです。

わたしはそうしたデザインシンキングの流行の実態に対しては批判的な立場をとります。付箋を貼りながら、いまはまだ影も形もない、名もなき未来を幻視することのできるイノベーターもたしかにいるのかもしれませんが、そういう人は一握りで、そういう人は、デザインシンキングのワークショップに参加しなかったとしても、自分で勝手に未来を幻視したことでしょう。しかし、多くの人にとってはそうではない。多くの人にとっては、それは何かの「やってる感」こそ生むかもしれませんが、多くの場合それだけで終わってしまうからです。

実際、大企業や官公庁で、デザインシンキングのワークショップを行った結果として、新しい戦略や新しい施策、新製品や新サービスが世に送り出されたという事例はほとんどありません。

ホワイトボードと付箋によるワークショップ。デザインシンキングと呼ばれる、未来を検討するための新たなアプローチの実践。それは新しい試みではあるかもしれませんが、それ以上でもそれ以下でもありません。「デザイン」の本質は「人間を知ること」にありますが、そうした本質を欠いたワークショップにおける「デザイン」は、所詮は付け焼き刃の流行り言葉にすぎず、ひとときの流行が終わったあとに残るのは、おそらくは「デザイン」という言葉に対する幻滅と失望だけだろう、とわたしは思います。

ただ付箋を貼り付けるだけでは、その場の無根拠な満足感だけが醸成され、次の日の現実は何も変わりません。それは決してイノベーションなどではありません。それは、イノベーションという言葉に取り繕われただけの茶番にすぎません。イノベーションは技術のことではないし、ましてや手法のことではありません。

もちろん、すべてがそうであるとは限りませんが、そんな状況に陥っている光景を、わたしは多く見たことがあります。これはただの茶番だ、と思うことが、コンサルティングの仕事をしていてしばしばあるのです。

そして、こうした気分をかかえているのはわたしだけではない、ということも最近になってわかってきたのです。仕事が終わったあとの雑談で、クライアントや協業者から、似たような悩みや愚痴を聞くことがあります。

そんな話になったとき、わたしはときどき「SFプロトタイピング」の名前を出します。すると、彼らはわたしの話を楽しそうに聞き、わたしはそこに可能性を感じつつあるのです。だからわたしは、わたしのために、彼らのために、あるいは日本のビジネス、あるいは日本社会全体のために、新たな可能性の一つであるSFプロトタイピングについてまとめた本を書いてみようと、いまはこの文章を書いているのです。

人はその人が見たいものしか見ることができません。人が予測できる未来とは、所詮は現在の視野から見える光景にすぎません。そして、見える未来であるそれが「本当にほしかった未来」とは限らないのです。未来が未来である以上、「本当にほしい未来」は、デジタルテクノロジーが「見えないもの」として排除した、「無価値」なものの世界にあるのだと、わたしは考えています。ロジックではない場所、データ・ドリブンではない場所、選びとろうとする意志の先にある場所、それが未来なのだと、わたしは考えているのです。

要するに、現代はマーケティングの技術・精度が向上しており、ニーズ・ドリブン型のビジネスでは、すぐに競合に追いつき追い越されて、レッドオーシャンでの激しい競争に晒され続けることになってしまうため、ブルーオーシャンに出るために、新たな思考を試みる必要があるということです。

既存の市場を前提とするロジカルシンキング／データ・ドリブン型のマーケティング・ビジネスだけに頼っていると、会社は疲弊してしまいます。また、市場は限定合理性に従って動くメカニズムを持っているため、市場ニーズに応え続けることが、長期的に合理的な選択かどうかはわかりません（たとえば環境問題は、長期的な視点では人類に災厄をもたらしますが、短期的な視点しか持ち得ない市場原理では、それを止めることができません）。

本当のイノベーション――世界を抜本的に変えてしまうような創造の力――は、ニーズ・ドリブンではなく、「妄想」ドリブンでしか起こりえません。そして、「妄想」ドリブンにとって最適な思考ツールが、本書で紹介している「ＳＦプロトタイピング」であると、わたしは考えているのです。

つまるところSFプロトタイピングとは、イノベーションのジレンマを打破し、もう一度「妄想」することの大切さを思い出させてくれる方法なのです。

「ひとつなぎの大秘宝」はどこにも存在しない

何か新しいビジネスをなそうとしたとき、通常、マーケターや営業マンや政治家や官僚は、それらしいプレゼン資料をもって最新のマーケティング・アプローチを振りまきますが、それらの資料や資料に書かれた言葉には、なんの意味もありません。

結局それらは単なる言葉であって、現状を打破する思想にはつながっていないということが往々にして起こっています。資料がどれだけ最先端のフレームワークやデータやロジックによって飾り立てられていたとしても、結局は言葉による装飾にすぎなくて、そうした言葉に彩られた施策やソリューションの内容に目を向けると、結局ありものの寄せ集めにすぎないということは、往々にしてあるものです。

ビジネススーツに身を固めた、大企業を中心とするビジネスや政治の場において「マーケティング」と呼ばれるアプローチというのは、結局のところ現状維持の言い換えに過ぎず、その実態は、当たり前のことを当たり前に言っているだけだったり、先進的な競合他社の成功事例に追従するようなものでしかなかったりするのです。

既存のマーケティング・アプローチは、つまるところ「ニーズ・ドリブン」であり、聞き手が理解可能な範囲で、理解可能な言葉で、耳触りのいい情報を届けることに終始します。そのため、既存のマーケティング・アプローチは「理解できない未来」を語る言葉を、最初から失っているのだと言えます。既存のマーケティング・アプローチは、一言で言えば、「どこかに存在する未来を探す」ということを前提としてしまっているのだと、わたしは評価しています。

たとえ話になりますが、言わずと知れた『週刊少年ジャンプ』の人気漫画、尾田栄一郎『ONE PIECE』は、伝説の海賊王ゴールド・ロジャーによる「おれの財宝か？　欲しけりゃくれてやる。探せ！　この世のすべてをそこに置いてきた！」という言葉から始まります。『ONE PIECE』はビジネスパーソンにもよく読まれている漫画で、愛読書が『ONE PIECE』だという経営層は少なくはないし、会議中の雑談で『ONE PIECE』の話が挙がったことも一度や二度のことではありません（ところで、それがなぜかはわからないのですが、『ONE PIECE』の他にも『ジョジョの奇妙な冒険』や『HUNTER×HUNTER』などのジャンプ漫画は、多くのビジネスパーソンにも愛されている印象があり、それらの漫画に自らのビジネスをなぞらえる経営者は少なくないように思えます。こうした事例もまた、フィクションの力であるとは言えそうです）。

同作では、ゴールド・ロジャーのその言葉がすべての登場人物の行動動機となっていますが、現実のマーケターたちも『ONE PIECE』の中の海賊たちと同様に、「未来」という「ひとつなぎの大秘宝《ワンピース》」を探すことを生業にしているのだと言えます。「未来というのはどこかに存在する。われわれはまだそれを見つけられていないだけだ。探せ！」というように。

そしてどこにも未来はなく、どこからも未来は見つけ出せず、マーケターは仕方なく、未来に似た現在を隣の島から持ってきて、それらしく飾り立ててプレゼンし、経営層はマーケターの口車に乗せられて、結果的に市場にまた一つ、「未来」とは名ばかりの、どこかで見たようなプロダクトが並ぶことになるのです。

つまるところ、現実には「ひとつなぎの大秘宝」など、どこにも存在しないのです。未来を探すだけで未来を創ることはできません。誰かの未来を待っているだけでは自分の未来を手に入れることはできません。永遠に、あなたにとっては今日と同じ日が続くだけです。本書で何度も繰り返すとおり、本当に新しいものは「創造する」ことでしか存在しえません。そして、SFプロトタイピングとはまさしく、「どこかにある未来を探す」のではなく、「どこにもない未来を創造する」ためのアプローチなのです。

ボールをできるだけ遠く、あらぬ方向に投げてみる

未来とは現実から離れた場所にあるもので、SFプロトタイピングとは現実から離れた未来を描くものです。そのためSFプロトタイピングでは何よりもまず、「いま・ここにある現実との差分」「いま・ここにある現実との変化の量」が重要になります。差分が大

きければ大きいほど、変化が大きければ大きいほど、考えるべきことは増え、発見することは多くなります。

たとえば、子どもの頃にボール遊びをしていたことを思い出してみてください。ボールは互いに互いの手の届く場所に向かって投げ合われますが、ときどきコントロールの仕方を間違えて、手の届かない方向に飛んでいってしまうことがあります。ボールは遠くまで飛んでいき、子どもたちは飛んでいったボールを探しに、それまでは行ったことのない場所に足を踏み入れます。フェンスを越え、藪を抜け、小川を目撃します。そこでは色とりどりの花が咲き乱れ、蝶やトンボが飛び交っています。子どもたちは、手の届かない場所へ、遠くまでボールを飛ばさなければ出会うことのなかった景色に、そこでは出会うのです。

遠くに向かって投げること。Speculativeには「投機的」という意味が含まれているとは前述した通りですが、書いて字のごとく、そこでは「投機する」＝「投げる」イメージが重要になります。どことも知れぬ方角に向かって投げること。そしてどこへ飛んでいったかわからないボールを探しに行くこと。それは端的に言って冒険です。ＳＦプロトタイピングというのも、このボールの話と同様で、重要なのはボールをできるだけ投げ入れたことのない方角へ投げること、できるだけ遠くに投げること、そして、投げたボールがどこへ行ったのか探しに行くということです。あなたがボールを遠くに投げれば投げるほど、そこであなたは、「いま・ここの現実」とは異なる、「ここではないどこか」を幻視することができるでしょう。あなたはそこで、見たことのない社会のありかたを、見たことのない文化の営みを、見たことのない人間の生活を目の当たりにするでしょう。

イシューからはじめない

さて、以降はやっと、具体的なＳＦプロトタイピングのやり方について説明していきます。

ＳＦプロトタイピングを行うにあたり、最初に考えるべきは次の三点です。

1. ＳＦプロトタイピングを行う目的を設定し、ＳＦプロトタイピングを通して何を得たいのかを考えること。
2. ＳＦプロトタイプ作品は誰か一人で作りすぎないこと。
3. ＳＦプロトタイピングのプロジェクトにおいては、ＳＦプロトタイプ作品そのものの完成よりも、議論をしながら「チーム全員の妄想を爆発させる」ことの方が貴重であることを、参加メンバー全員が理解しておくこと。

ＳＦプロトタイピングでは「妄想」が何よりも重要であり、その「妄想」をいかにステークホルダー全員で作り上げ、共有していくか、ということが重要になってきます。

では、それはどのような仕方で実現していけばよいのでしょうか。

ＳＦプロトタイピングの具体的なやり方に入る前に、少しだけ、ＳＦプロトタイピングを行うにあたっての、最低限のルールについて触れておきたいと思います。

ＳＦプロトタイピングの最低限のルール。それは、ＳＦプロトタイピングで「問題解決」を行おうとはしないこと、です。ＳＦプロトタイピングはこれまでのビジネスの常識には反し、「イシューからはじめない」のです。これはどういうことでしょうか。

確認しておくべき前提として、『イシューからはじめよ』という本があります。

これは、コンサルタント・安宅和人によるビジネス書であり、効率的で効果的な問題解決のプロセスを体系的に整理した本で、仕事論を語った本では現状これに勝るものはないと言える名著です。まだ新人コンサルタントだったころは、わたしはどこへ行くにも同書をつねに鞄に入れて持ち歩いていたものです。

新人コンサルタントというのは多くの場合、複雑で・難解で・大量の仕事を短時間で処理することを求められます。そうした業務においては、「イシュー」を取り出し、「イシュー」に基づき、最短距離を走ることで問題解決に至る必要があります。コンサルタントにとって「イシュー・ドリブン」は必須スキルなのです。彼らの仕事は現実的に、普通にやってこなせるような仕事量ではないのです。彼ら新人コンサルタントたちは、「イシュー・ドリブン」型の仕事をしなければいつまでたっても家に帰れません。たとえ家に帰れず一日を終えたとして、やるべきことが終わっていなければ、状況は何も変わらないまま、ただ単に翌日がやってくるだけです。課題は無慈悲で、解決されるまではずっとそこに居座り続けるものです。

そうして彼ら新人コンサルタントは眠らないまま、ふたたび課題に取り組みはじめることになります。睡眠不足の脳を酷使することで、状況はますます悪化してゆきます。課題はいつまでも解決されず、やがてクライアントは彼らに対して、失望したり激昂したりしはじめるのです――。

イシューからはじめない新人コンサルタントに待っているのは、端的に言って、「コンサルタントとしての死」なのだと言えます。

わたしは幸いなことにいまもコンサルタントとして働き続けることができています。それは『イシューからはじめよ』を読んだおかげであると言っても過言ではありません。わたしは『イシューからはじめよ』を読み、その教えに従って仕事をすることで、今日までコンサルタントとして生き延びることができたという自覚があります。そのため同書の存在にはとても感謝しており、著者の安宅和人はコンサルタントとしてとても尊敬しています。

『イシューからはじめよ』の方法論は、「課題の存在するビジネスシーン」においては大きな武器になると断言できます。あるいはビジネスに限らずとも、人生に降りかかる多くの問題は、同書にならうことで解決することができる、とすら言えるかもしれません。同書の内容は再現性が高く、普遍的です。わたしはこれからも、ことあるごとに同書を開き、同書に教えられ、同書について語り続けるだろうと思います。

けれど――そうした背景があるなかでこう言っているのだ、ということを理解していただきたいのですが――一方で、「課題の存在しないシーン」においてはどうでしょうか。

結論としては、「イシューからはじめる」ことが効果を発揮するとは言えません。

そして、関わるシーンが上流になればなるほど、事態は未知のものへと近づいてゆきます。「イシューからはじめよ」と言われ、イシューをどれだけ探したとしても、はじめからイシューなど存在しないシーンが増えてくるのです。

問題を解決するためには現状存在する問題が必要であり、現状存在する問題が、未来の問題でもあるとは限りません。そのために、問題解決を目的とする「イシュー・ドリブン」型の思考では、結局のところ短期的な視野しか持ち得ないという、ロジカルシンキング同様の陥穽にとらわれることになります。

そして、ＳＦプロトタイピングとは、そうした「イシュー・ドリブン」型の思考とは真逆のアプローチをとる思考ツールなのです。ＳＦプロトタイピングは目の前の「問題解決」ではなく、未来に向けた「問題提起」を重要視する。これは、何度強調しても強調しすぎることはありません。

必要なのは「妄想」で、ＳＦプロトタイピングは妄想するための思考ツールです。妄想は一見無意味なものに見えますが、一見無意味なものに見えるからこそ、妄想が必要なのです。妄想こそが新たな議論を生み、新たな着想を生むための土壌になるからです。

新たな議論を起こすこと。停滞した現実に風穴を開け、暗闇に光を当て、それまではまったく想像もできなかった景色を見ること。その景色を一人だけのものとするのではなく、他人と共有すること。

SFプロトタイピングはSF小説を書くことで未来を描く手法ですが、身も蓋もないことを言ってしまえば、それは必ずしも小説である必要はありません。

重要なのは、どんな妄想でも許容される場がつくられること、批判されたり嘲笑されたりすることのない本当に自由な議論の場がつくられること——そしてそこで一人の妄想が解き放たれ、一人の妄想が複数人で共有され、妄想が複数人のものになり、複数人の妄想の中で、徐々に実体を帯びていくプロセスなのです。

そういう意味で、SFプロトタイピングはロジカルシンキングのようなメソッドというよりもある種の思想、マインドセットのようなものです。

以上を踏まえ、SFプロトタイピングのプロジェクトを開始する際には、プロジェクトを企画する段階で、何はともあれこれは「問題解決」や「費用対効果」や「マネタイズ」を目的としたものではないのだ、ということを強調し、ステークホルダー全員の共通前提として理解しておく必要があるでしょう。

SFプロトタイピングという思想はあなたに次のようなものを与えてくれます。

妄想を恐れないこと。

理想を恐れないこと。

費用対効果などという足かせを取り払うこと。

あらゆる現状の制約を、一旦ゴミ箱の中に放り込み、想像力の翼を広げること。

そして、人・物・金・情報、品質・コスト・スケジュールの枠から離れ、思考のタガを外し、凝り固まった既存の発想の枠組みから逃れ、ロジックではなくデータでもない、何ものにも縛られない大きなビジョンを描くこと。

要するに、ＳＦプロトタイピングはあなたに、「そんなの関係ねえ」と断言する「勇気」を与えてくれるのです。

ＳＦプロトタイピングを通して、ＳＦの世界で遊ぶことによって、あなたは子どものころのあなたに戻り、子どものころのように、「ぼくが考えた最強の未来」を、「ぼくが考えた最強のビジネス」を、「ぼくが考えた最強の社会」を、嬉々として語ることができるようになるのです。

2 SFプロトタイピングのプロジェクト進行

作品を作る過程で起きる「議論」こそが重要

SFプロトタイピングは一般に、SF作家だけがSF小説を書き、ビジネス部門の人々がそれを読んで示唆を得る、というものだと思われていることが多く、サイフューチャーズをはじめとしたアメリカの事例などを調べてみると、そうしたタイプのプロジェクトが多くヒットします。

そのためSFプロトタイピングのプロジェクトでは、作品を納品しておしまい、というものも少なくないのですが、本書では、作品を作ることよりも、作品を通して、あるいは作品を作る過程で起きる議論のほうを重視しています。なぜなら作品そのものよりも、作品を作る過程のほうが、実のところ得るものが多いからです。

そのため本書では、SF作家以外でSF小説を書いてみること、SF小説を書いたことのないビジネス部門の人々などで、SFプロトタイピングのワークショップを行うことをおすすめします。

ワークショップを行うタイミングは、プロジェクトの企画時点、メンバーが確定した時点、テーマを検討する時点など、いろいろ考えられますが、わたしの経験上、アウトラインが完成した段階での開催が最も議論が盛り上がりやすい実感があります。

ビジネス部門でアウトラインを作成し、アウトラインが完成したら、その時点で一度ワークショップを開催し、アウトラインに基づき複数人で議論をしてみるのがよいでしょう。

その際にも、メンバーはビジネス部門だけではなく、ＳＦ作家のほかに、科学者、研究者やジャーナリストなど、専門的かつ多様なバックグラウンドを持つメンバーをアサインし、多様な視点からの意見を戦わせるのがよいと思います。

イノベーションには、多種多様な人々によるコラボレーションが必要です。わたしにとっての常識はあなたにとっての非常識で、あなたにとっての常識はわたしにとっての非常識であるように、バックグラウンドが異なれば習慣や常識ももちろん異なるものです。「差別化戦略」という言葉があるように、誰かと異なるということは、それ自体がイノベーションの鍵なのです。

たとえば、Ａ社の社員であるあなたがＡ社の社員である同僚といくら議論を戦わせようと、出てくる発想は――ＡＡかＡａかといった細かい違いはあるかもしれませんが――基本的にはＡであるあなたから逃れることはできません。

しかし、ＡであるあなたがＢである誰かと意見を交換するなら、それはＡ社からは絶対に生まれてこなかったＡＢだかＢＡだか、あるいはＡｂ、ｂＡ、ａＢ、Ｂａ、ａｂ、ｂａ

といった発想につながることでしょう。

あるいはそれ以前に、あなたが何日も頭をひねって考え出した発想は、あなたが仕事をするビルの隣のビルでは日常茶飯事で使われている概念かもしれないし、隣のビルが頭をひねって考えていることの答えを、あなたがすでに持っている可能性だってあるのです。

繰り返しになりますが、イノベーションとはコラボレーションのことです。ＳＦプロトタイピングであるか否かを問わず、その等式は不変のものとして成立します。

だからあなたは、たとえばいま一人で悩んでいることがあるなら、いますぐ一人で考えるのをやめて、隣のビルのチャイムを鳴らすべきです（ちなみにこの表現は比喩です。念のため）。

必要なのは「純粋なおしゃべり」

ワークショップの話を続けましょう。

ワークショップでは他分野のメンバーを入れるほか、プロジェクトのリーダーやクライアント等、意志決定力を持つステークホルダーをあらかじめ巻き込んでおくことも肝要です。

プロトタイピングは生き物のようなもので、議論をしながら生まれ、成長し、リアルタイムで姿形を変えてゆくものです。そして、重要なのはアウトプットではなくプロセスであり、ワークショップを通して変わってゆく思考のその変遷を、上司も部下も同社も他社もなく、同じ場所・同じ時間・同じ題材を使って、ともに経験することなのです。

議論、あるいは批評。そこでのルールは「自分が面白いと思うこと」だけを言うことです。そこでは「正解」の答えは必要なく、「誰かのためになる」ことは必要なく、課題や問題を想定する必要も、それらを解決する必要もありません。

そのために――これは新たな試みを行う際の一般論かもしれませんが――、ＳＦプロトタイピングのワークショップには、それがどんなフェーズであれ、いわゆる〈ノリのいい人〉を入れておくべきです。

ワークショップでは、とにかく議論が盛り上がることが重要です。ＳＦに詳しいかどうかは関係なく、好奇心が強く、意見や質問を率先して行う人物がいると、有意義なワークショップになりやすいことがわかっています。むしろ、ＳＦに詳しくない人の方がいいかもしれないほどです。門外漢の方が素朴な疑問が湧きやすいし、客観的な視点を持ちやすく、内輪だけの議論に終わらず、外に開かれた議論になりやすいかもしれないからです。

必要なのは堅苦しいディベートなどではありません。

必要なのは雑談、純粋なおしゃべりだけなのだと言っても過言ではありません。

子どものころ、放課後にしたような、純粋な雑談、純粋なおしゃべり。好きな映画や小説について話すように、あるいは好きなアニメについて、漫画について、ゲームについて、音楽について話すように、これから書かれるＳＦ小説について、遊びの計画を立てるときのように、楽しく話すこと。イノベーションのためにはおそらくは、過程を「楽しむ」気持ちが最も重要なのです。

　子どものころのように、辿り着く場所をあらかじめ規定することなく、ただ各々が各々の思う通りに話し、妄想を共有すること。そうすることで、別様の視点から別様の可能性を検討することにつながってゆき、当初は想定していなかった話題や論点が、次から次へと浮かび上がってきます。そうしてアウトライン作成の時点では存在しなかったテクノロジーの可能性、人間の変容の可能性、社会的・文化的コンテクストの変容の可能性が、少しずつ浮き彫りになってゆくのだろうと思います。

　問題の定義と解決は後回しでもまったく問題ありません。

　議論が煮詰まり、先に進まなくなってきたら、アプローチに立ち返ってみてもいいかもしれません。フォアキャスティングでSFプロトタイピングを始めていたのならその時点でバックキャスティングに変えてみて、バックキャスティングで始めていたのならその時点でフォアキャスティングに変えてみる。アイディア出しとアプローチの組み合わせの試行錯誤を繰り返して、何度もブラッシュアップしていくこと。

　議論が一度止まったとしても、それでも続けることを試みること。ここでも、「未来の姿」や「テクノロジーの姿」について、可能性を狭めることなく選択肢を増やすために、前例や固定概念、バイアスといったものは可能な限り排除して思考し、議論＝おしゃべりを絶やさず続けることが肝要になってきます。

たとえば、「WIRED」誌創刊編集長のケヴィン・ケリーは、主著『テクニウム』の中で、アイディアについて次のように言っています。

ひどいアイデアに対する正しい反応は、思考を止めることではない。むしろ、より良いアイデアを思いつくことだ。何のアイデアもないより、悪いアイデアがあったほうがいいのは、悪いアイデアは少なくとも修正できるが、まったくアイデアがなければ何の希望もないからだ。（三〇三頁）

繰り返しになりますが、重要なのは「プロセス」であり、「アウトプット」ではありません。ＳＦプロトタイピングで最終的に作成され残るものは「物語」というアウトプットですが、それは単なる結果であって、それ自体が目的ではありません。

ＳＦプロトタイピングを成功させるために必要なコツは、「物語を〈文芸作品〉としてとらえない」ということです。物語をうまく書く必要はありません。流麗な文章を書く必要はありません。極論を言えば「作品を完成させる」必要すらもないと言ってもいいかもしれません。重要なのは作品自体の完成ではないからです。

ＳＦプロトタイピングで得られることは、多くの人を介在させながら一つのＳＦ小説をつくりあげるという、そのプロセスを通して、普段は行うことのない未来に対する議論を行い、議論を通して、目には見えない未来を、ここには存在しない未来を、たしかに存在しうるものとして、あたかも目に見えるもののように、あたかも存在しているかのように、リアリティをもってとらえる、その経験そのものなのですから。

目的を決める

SFプロトタイピングは多くの場合、一人で行うものではなく、複数のステークホルダーを巻き込みながら、チームで行うものであるため、まず始めに目的を定め、チームメンバーが目的に向かって自律的に動けるよう、メンバー全員で目的意識を揃える必要があります。

SFプロトタイピングの目的は、プロジェクトによって様々であり、「アイディアを出すことを目的とするもの」、「新たな戦略としてのストーリー作りを目的とするもの」、「ユーザーエクスペリエンスをリアルに考えることを目的とするもの」、「未来ビジョンに関する広報を目的とするもの」などが挙げられます。

こうした目的のうち、どこに照準を合わせるかをあらかじめすり合わせることは非常に重要なことなのですが、SFプロトタイピングはほとんど前例のない手法であるために、ステークホルダー間の目的意識を揃えるのが難しい、という傾向があるようです。

プロジェクトに参加しているメンバーそれぞれの目的意識がずれていると、どこを目指して何をゴールとすればよいのかがわからなくなり、「ただ妄想を話して、最後に小説が生まれて終わっただけ」ということになりかねません。

ＳＦプロトタイピングを通して自分たちは一体何がしたいのか？　いままでにはなかったようなぶっ飛んだアイディアを出したいのか？　新しく、かつ人の感情に訴えかけられるような戦略ストーリーを作りたいのか？　あるいは単に、広告や広報の一環で、消費者に向けて、自社が明確な未来ビジョンを持った先端的な企業であるということをアピールしたいのか？――そうした議論をチーム内で繰り返して、目的をあらかじめ定義しておくようにしましょう。

また、ＳＦプロトタイピングのプロジェクトは、抽象的なことを話し合う機会が多いがゆえに、ワークショップを繰り返すなかで目的がブレがちになるという欠点があります。当初自分たちがやりたかったこと、やろうとしていたことを確実に成し遂げるために、自分たちは一体何を目的に、何をゴールとしてＳＦプロトタイピングを行っているのか、ということは、プロジェクトを行っているあいだにも、ステークホルダー全員で、繰り返し確認する機会を設けるようにするとよいでしょう。

テーマを決める

プロジェクトをワークショップで進めるということ、それからＳＦプロトタイピングを行う目的は何か、ということまで決まったら、次にプロジェクトのテーマを検討しましょう。

あらゆるプロジェクトがそうであるのと同様に、SFプロトタイピングのプロジェクトもまた、「テーマ」を明確化することから始まります。テーマには、業務的な分野やテクノロジー、文化や社会などが考えられますが、可能な限り、その場で答えの出にくいものがよいでしょう。たとえば具体的には、「五〇年後の都市生活」などが、SFプロトタイピングにおける典型的なテーマだと言えるでしょう。

SFプロトタイピングには、ある種「大喜利」のような側面があり、テーマ＝お題に対してどれだけおもしろい小噺が出せるのか、という遊びのようなものととらえることができます。

わたしが実際にかかわったSFプロトタイピングの案件では、「近未来のスマートハウス」や「二〇年後のパワードウェア」といった比較的具体的なテーマが与えられていたものもあれば、「ニューエコノミー」や「アフターコロナの世界」といった、非常に抽象的なテーマのものもありました。

もちろん、SFプロトタイピングは基本的に自由な発想をよしとするのが大前提ですので、たとえば「一〇年後の世界」といったテーマであっても、「一〇〇年後の世界からバックキャスティングで考えた一〇年後の世界」といったように読み替えることもできますし、「自動操船ヨットの未来」といったテーマであっても、「自動操船ヨットのある風景」と読み替えて、海上都市や船上都市の生活模様を描くこともできます。

SFプロトタイピングにおいては、与えられたテーマのみにこだわらず、与えられたテーマをフックにして、長期的な視点で眺め直してみたり、広い視点で眺め直してみたり、あるいは逆に、非常に微細な要素について、こと細かに描写してみるなど、いつもとは違う「オルタナティブな視点」で世界を眺めることが重要なのだと思います。

規模を決める

繰り返すように、SFプロトタイピングのプロジェクトでは、何よりもまず、既存の制約を取っ払って、妄想＝自由な思考を爆発させ、妄想をベースとした議論を巻き起こすことが重要になります。しかし、研究・開発部門のメンバーはどうしてもシーズ（既存の技術）を基点にして思考をしてしまいがちですし、マーケティング部門のメンバーはどうしてもニーズ（既存の欲望）を基点にして思考をしてしまいがちです。また、上層部は予算や費用対効果を基点にして思考をしてしまいがちでしょう。

そしてSFプロトタイピングのプロジェクトを始める際には、それがまったくの新規事業を興すための試みであり、実現性や費用対効果は度外視したものであるわけではないことを、ステークホルダー間で合意しておくことが重要です。

そうであるからこそ、まずは実験的に、予算・人員ともにスモールスタートで始めてみて、小さな規模で何度も試行錯誤を繰り返すのがよいと思います。小回りの利く組織で、多くのアイディアを活かしながら、しっくりくるものとそうでないものをリアルなものとして試すことができるということが、プロトタイピングの最大のメリットだからです。

アイディアは多く、ハードルは低く、軌道修正を容易なものとしておくこと。素早く、何度も、様々なアプローチをとることで、最も効果的な施策を選びとること。雑にやることを恐れず、失敗することを恐れない空間を作ること。マーク・ザッカーバーグの有名な言葉に、「完璧を目指すよりもまず終わらせろ」というものがありますが、「まず終わらせる」ためには小さな組織で人も金もそれほどかけず、スモールスタートでプロトタイピングを行うことが適切なのだと言えます。

メンバーをアサインする

SFプロトタイピングのプロジェクトにアサインするメンバーには、大きく分けて、ビジネス担当、ライティング担当、プロジェクトマネジメント担当の三つの役割が必要になります。

ビジネス担当には、事業企画部門のメンバーのほか、研究部門のメンバー、開発部門のメンバー、それに、役員などの上層部のメンバーがいるとよいでしょう。

ライティング担当には、SF作家を呼んでアサインするのが一般的ですが、SF作家はアドバイザーのような位置づけでアサインし、ライティングするのは自社メンバーにするということも考えられます。一番アイディアが出るのは物語を描く過程なので、ここはプロジェクトの目的や会社の文化などを考慮しながら検討するのがよいでしょう。

次にプロジェクトマネジメント担当ですが、この役割にアサインするメンバーは、ビジネスだけでなく、技術や文化や社会など、多分野にわたって知識豊富な人材がよいと思います。ＳＦプロトタイピングでは、ビジネスや経済だけに閉じた話題だけでなく、先端技術や文化や社会、ときには人類の文明や人類以外の文明といった大きな話になることも多く、プロジェクトマネジメント担当はそうした多岐にわたる話題をうまくさばきながら、プロジェクトをゴールに向かって導く必要があるからです。可能であれば、外からカルチャー／テック系の編集者などを呼んでアサインするとよいでしょう。

ワークショップの実例

ここで、ＳＦプロトタイピングのワークショップについて、一つの例を紹介しましょう。ATOUNという、パワードウェアを展開するロボティクス企業のＳＦプロトタイピングプロジェクトに参加させていただいた際のことです。

このプロジェクトは、PARTYというクリエイティブ企業の協力のもと運営されていたのですが、参画メンバーの中に、『WIRED』日本版の編集者としても活躍している岡田弘太郎さんという方がいらっしゃいました。岡田さんはＳＦやテックやカルチャーだけでなく、哲学や人類学など、人文系の教養も豊富な方で、このプロジェクトのミーティングの際にも、他のメンバーにはない人文学の視点から、「人間が自然に持つ能動性」「機械の作用によって生まれる受動性」のほかに、パワードウェアが発達し、パワードウェアを着ることが当たり前の世界が来ることで、「人間と機械が作用し合うことで生まれる〈中動性〉」とも言える状態が生まれるのではないか、といった発言をされていました。

「中動性」、あるいは「中動態」とは、哲学者の國分功一郎が『中動態の世界』という本で紹介して一躍有名になった概念で、簡単に言えば、「する（能動態）」と「される（受動態）」におさまり切らない状態で、「自分の意志でやったことなのか、他人にやらされたことなのか、わからない」状態を指しています。

『中動態の世界』から少し引用してみましょう。

完全に自由になれないということは、完全に強制された状態にも陥らないということである。中動態の世界を生きるとはおそらくそういうことだ。われわれは中動態を生きており、ときおり、自由に近づき、ときおり、強制に近づく。

われわれはそのことになかなか気がつけない。自分がいまどれほど自由でどれほど強制されているかを理解することも難しい。またわれわれが集団で生きていくために絶対に必要とする法なるものも、中動態の世界を前提としていない。

（二九三頁〜二九四頁）

パートナーＡＩやパートナーロボット、パワードスーツといったように、人間の意志や運動に働きかけるテクノロジーが発展し、人間にとって身近なものになればなるほど、中動態の世界もまた、深く、広く、進行していくことになるだろう――ミーティングではそうした発言が飛び交いました。

こうした「中動態」をめぐる議論は盛り上がり、「中動態」とは、ATOUNがこれまで開発してきた製品の思想、あるいはATOUNという会社がパワードウェア開発を通して気づき、重要視してきた思想に非常に近い概念であり、まさしく「未来のパワードウェアのある風景」に適した表現であると、ATOUNのメンバーも大いに納得しているようでした。

このように、既存メンバーだけで議論しているだけでは絶対に得られない視点や議論が生まれるのが、ＳＦプロトタイピングの醍醐味です。そうした議論の目を殺さず、活かすことのできるメンバーをアサインするのも、ＳＦプロトタイピングのプロジェクトにとっては重要なのだと思います。

プロジェクト進行のための具体的な作業項目

プロジェクトの目的やテーマが決まり、プロジェクトの規模が決まり、プロジェクトにアサインするメンバーが決まったら、ＳＦプロトタイピングのプロジェクトの始まりです。

ここで紹介する段取りはあくまで一例にすぎず、プロジェクトの背景や目的やフェーズなどによって変動しますが、SFプロトタイピングのプロジェクトは、多くの場合次のように進行するものと言えます。

［事前作業］

1．SF作家（SFプロトタイパー）にテーマを伝える。
2．SF作家（SFプロトタイパー）は、テーマにそって、いくつかのアウトライン（数行程度の短いプロット）を作成する。

［SFプロトタイピング］

3．プロジェクトのテーマについて、ファシリテーターが参加メンバーに説明する。
4．SF作家（SFプロトタイパー）は、事前に作成したアウトラインについて参加メンバーにプレゼンする。
5．メンバー全員でディスカッションし、アウトラインの内容を詰める。

［事後作業］

6．ディスカッションの内容を踏まえ、SF作家（SFプロトタイパー）はSFプロトタイプ作品を完成させ、納品する。

7．納品されたSFプロトタイプ作品に基づき、参加メンバーは実際のプロダクト製作や事業計画の作成に着手する。事業計画策定フェーズにおいてもSF作家がコンサルタントとして入り、当初のアイディアを活かす方法について、ともに検討することもある。

ＳＦプロトタイピングの場では、自由な雰囲気でディスカッションすることが何よりも重要です。参加するメンバーの中に、明るい人やおしゃべりな人、ノリのいい人を入れておくと、雰囲気がくだけて、話が活発化する傾向があるため推奨します。

また、メンバーの中には「そもそもＳＦってよく知らないな」と思いながら参加する人や、「ＳＦプロトタイピングってなんなの？」と不安に思いながら参加する人もいると思います。そうした不安を解消するために、最近観た映画や読んだ漫画、小説などについて話す、アイスブレイクの時間を設けてもいいでしょう。その中には必ずＳＦ作品が含まれているはずです。そのようにして、メンバーの緊張をやわらげつつ、メンバー共通の「ＳＦのイメージ」を探っていくことは、ＳＦプロトタイピングを行ううえでも、とても役に立つ作業になるはずです。

遊びを仕事にし、遊ぶように仕事をする

余談ですが、ＳＦプロトタイピングに限らずアイスブレイクは非常に重要で、それは仕事に遊びのノリを挟み込み、遊びのようにリラックスして、楽しんで仕事をするためのきっかけになります。

わたしは思うのですが、日本企業の生産性が上がらない原因や、長らくイノベーションが起こせていない原因の一つには、「仕事のノリでしか仕事をしてはいけない」というような雰囲気があるからなのではないでしょうか。

遊ぶように仕事をすること。リラックスした、他愛もない雑談を延々と繰り返すこと。実のところ、そうした「遊びモード」の中からしか、イノベーティブなアイディアというのは出てこないのではないでしょうか。わたしはそんな風に思います。

前述のパワードウェアメーカー・ATOUNの社長である藤本弘道は、SFプロトタイピングを用いたプロジェクトを振り返り、次のようなツイートをしています。

ATOUNで17年間やってきた人材育成の取り組みをまとめなおす必要がでたのだが、中心にあるのが雑談だという事実に困り果ててたが、SciFiプロトタイピングという言葉で助けられた感が出てる。言葉って偉大。

(https://twitter.com/fujimo777/status/1274869273211498496)

先ほど、「最近観た映画や読んだ漫画、小説について語る」アイスブレイクの例についてご紹介しましたが、たとえば普段から、業務時間の一部を使ってSF映画を観る会を設けたり、漫画やＳＦ小説の読書会の時間を設けたりするのもいいかもしれません。

ＳＦの物語に日常的に触れることで、未来世界や異世界などの「ここではないどこか」「ここにいるわたしたちとは異なる認知を持った他者」への想像力が養われるのはもちろん、そうした作品についての意見を繰り返し交換してゆくことで、ＳＦプロトタイピング＝物語の製作を行わずとも、ＳＦ的なアイディアが出るような場が生まれてくるかもしれません。

重要なのは自由な議論、自由な発想なのであって、ＳＦプロトタイピングとは、わたしたちが自由を手に入れるための一つの手段でしかありません。この本で示すＳＦプロトタイピングの姿にこだわらずとも、ＳＦプロトタイピングという言葉をフックにして、企業の文化や組織のありかたに合わせて、ＳＦプロトタイピングという概念を調整し改良してゆくのがよいでしょう。

3 物語のアプローチを考える

次に、SFプロトタイピングで想定される成果物である「物語」の書き方について説明します。

「物語」と言っても、SFプロトタイピングの場合は通常の小説とは書き方の段取りが若干異なり、多くの場合、SFプロトタイピングは、「①アプローチを選ぶ」「②アウトラインを作る」「③作品を完成させる」という三つのプロセスで行われます。一つずつ確認していきましょう。

アプローチを選ぶ

最初にアプローチ選びについて説明します。SFプロトタイピングを行う際の代表的なアプローチには、前述したとおり、二つのアプローチがあります。一つは「フォアキャスティング」、もう一つは「バックキャスティング」です。

フォアキャスティングは現状を把握し現状を起点に未来を描くというアプローチで、バックキャスティングはあるべき未来を起点に現状の技術を解釈するというアプローチです。一言で言えば、フォアキャスティングは「技術ドリブン」なアプローチで、バックキャスティングは「妄想ドリブン」なのだと言えます。

フォアキャスティング・アプローチとバックキャスティング・アプローチ。これらの用語は、もともとはマーケティング用語であり、企業のマーケティング部門や営業企画部門に所属する方々などにとっては耳に馴染みのある言葉でしょう。そうでなくとも、これまでに聞いたことのある向きも多いかもしれません。ここ数年ほどは、国会や政府の報告書など、政治の舞台でもときどきこれらの言葉が飛び交っているのを耳にします。

ただ、わたしの経験上、いずれの言葉もその意味するとおりに使われるケースは多くはないようです。フォアキャスティングにせよバックキャスティングにせよ、本当に新しいものを「創造する」という考え方は、既存のマーケティング理論には存在しません。

本書における「フォアキャスティング」と「バックキャスティング」の言葉の用法は、従前のものとは少し異なり、純粋に未来を志向しているものなのだということを、まずはご理解いただく必要があります。

先にジュディス・メリルの言葉を引いて触れたとおり、よいSFとは、「宇宙、人間、〝現実〟に関するなにものかを、客体化、外挿、類推、仮説とその紙上実験、などの手段によって、探求し、発見し、まなびとることを目的とするストーリー」であるものです。

そこで重要なのは、「どんな世界を描くのか」というよりも、「世界の中でどう考えるか」

ということになるはずです。そうであればこそ、フォアキャスティング・アプローチであっても、バックキャスティング・アプローチであっても、SFを描くこと／SFプロトタイピングを行うことは可能なはずです。

SFプロトタイピングにおいては、フォアキャスティング・アプローチを採用した場合、既存の技術を既存の文脈の中に置いた際に、その技術を取り巻く世界において、人がどのように変わるのか、ということを考察しやすくなり、バックキャスティング・アプローチを採用した場合は、何もかもが変わっている世界の中で、人はどのように変わっており、そうした前提の中では、どのような文脈が発生しえて、どのような技術が生まれうるのか、ということが考察しやすくなります。

フォアキャスティング・アプローチとバックキャスティング・アプローチについて、具体的なメソッドに落とし込むと、次のようなかたちになります。

●フォアキャスティング・アプローチ

1. 現存の技術要素を選択する。
2. 技術要素を異なる技術要素と組み合わせたり、文脈を置き換えたりして、応用可能性を検討する。

例：

・パワードスーツ×身体データ×クラウド×AIの組み合わせで、スマートデバイスとしてのパワードスーツを考えることができる。
・パワードスーツを、「筋力を増幅させるもの」や「動きを俊敏にするもの」として位置づけるのではなく、「運動を記憶するもの」「記憶した運動データを多くの人に共有するもの」として位置づける。

3. 物語を描くことで、その技術要素を使って、どのように社会や文化を変えることができるのか検討する。

●バックキャスティング・アプローチ

1. 技術要素以外の未来の「舞台」を設定する。
2. 物語を描くことで、舞台の中で使われている技術を想像する。
3. 想像した技術と、現在の類似技術の差分を洗い出す。
4. 洗い出した差分を以下のようにステップ化する。

例：
・35年後には、サイバー空間で一生を過ごすことが普通になっている。
・30年後には、サイバー空間とリアル空間が全く変わりのないものとして行き来することが可能になっている。
・25年後には法整備がなされている必要がある。
・20年後にはあらかたの検証が終わっている必要がある。

・15年後には人間の身体に実装可能になっている必要がある。
・10年後には動物で実証されている必要がある。
・5年後にはデバイスの物理的なプロトタイプができている必要がある。
・直近は、デバイスの理論的なモデルができている必要がある。

5．ステップを検討し、直近に着手するべきターゲットとゴールを定義する。

各アプローチのこうした特徴を踏まえてまとめると、「ある技術を使ってどのようなアウトカムを得ることができるのか？」ということを検討する際にはフォアキャスティング・アプローチを、「あるアウトカムを得るためにはどのような技術が存在していることが望ましいのか？」ということを検討する際にはバックキャスティング・アプローチを採用するといいでしょう。

形式（アウトライン）を考える

フォアキャスティングかバックキャスティングか——技術を使って未来の社会を描くか、妄想を使って未来の技術を描くか——、あなたのとりたいアプローチを選んだら、次に、物語の形式（アウトライン）の作成に着手します。

ＳＦプロトタイピングは、ビジネス企画としてのＳＦ小説を書くということです。そこでは登場人物が必要で、舞台設定が必要で、できごとやシーンが必要で――一言で言えば、〈物語〉が必要になります。それでは、ＳＦプロトタイピングにおける物語はどのように作ればよいのでしょうか。ここではそのことについてご説明しましょう。

物語にはまず骨格が必要です。

小説を書く際にはいきなり本文に着手して完成させるのではなく、まずは叩き台となる素材を作成するのがよいでしょう。小説は最初から最後までよどみなく書かれるものではなく、章の順番を変えたり、登場人物の設定を変えたり、何かを追加したり削除したりするたびに全体の整合性を調整しながら書かれるものであって、全体像がなんとなくでも見える拠り所がなければすぐに破綻してしまいます。特にそれが、複数人で共有されながら書かれる場合であればなおさらです。小説の中で迷子にならないよう、いま自分が、小説のどこに立っているのか、小説はいまどういう状態なのか、ということがすぐに確認できるような、情報を整理した小説の素材を、あらかじめ準備しておく必要があるのです。

素材はある程度の全体像が概観できる骨組みのようなものが好ましく、そうした骨組みのことを「アウトライン」と呼びます。すべての物語には構造があり、「アウトライン」は物語の構造を示します。ここでは物語の構造について考えるための、基本的な方法を紹介します。

3 物語のアプローチを考える

物語のアウトラインは、大きく「構成要素」と「流れ」の二つに分解することができます。「構成要素」とは、キャラクターや舞台、エピソードなどの静的な情報で、「流れ」とは、時系列に並べたときに、キャラクターや舞台、エピソードなどの「構成要素」同士が、どのように関係し変化していくのかということを定義した動的な情報です。すべての物語は「構成要素」と「流れ」から成立しており、すべての物語は「構成要素」と「流れ」に分解することができます。

物語のアウトラインにおける「構成要素」は、基本的には次のように、5W1Hで整理するとよいでしょう。

・WHY：物語で最も描きたいものは何か
・WHEN：物語の舞台は西暦何年頃か
・WHERE：物語の舞台はどこか
・WHO：物語の主人公は誰か
・WHAT：現実と物語世界との差異は何か
・HOW：差異はどのように起きているか

ここで疑問を持たれた方もいるかもしれませんが、SFプロトタイピングにおける「W

ＨＹ」については注意が必要です。ＷＨＹは直訳すると「なぜ?」という問いになりますが、単に「なぜ?」と問うだけでは、「なぜビジネスとしてその物語が書かれるべきなのか?」「その物語にはビジネス上どんな意味があるのか?」といった議論に流れやすいということが、コンサルタントとしての経験上わかっています。そうした「なぜ?」の議論は、「ニーズは何か?」「イシューは何か?」といった、ロジカルな議論には有効ですが、答えのない世界を探索するＳＦプロトタイピングにはそれほど有効であるとは言えません。そのためここでは、「ＷＨＹ＝なぜ」と単純に問うのではなく、「その物語をその物語足らしめる根拠は何か」「その物語がその物語として存在する核は何か」「あなたがその物語で最も描きたいと考えるものは何か」つまり、「あなたは何を求めてそれを書くのか」、ということを問うものとして、「ＷＨＹ」を位置づけることにします。

さて、５Ｗ１Ｈで整理した物語の骨子について、一つの例をご紹介しましょう。

わたしは一度、everblue Technologiesという自動操船の設計・開発を行っている企業と協働し、ＳＦプロトタイピングを用いて「自動操船ヨットのある未来」を描くというプロジェクトに参加したことがあります。そのときにわたしが書いた物語の骨格は次のようなものでした。

【ＷＨＹ：物語で最も描きたいものは何か】

・海は自由であるということ。
・現代社会を成立させている、国境や経済や労働、時間や空間の感覚が、いかに「地上」という物理的な要素に縛られたものであるか、ということ。

【WHEN：物語の舞台は西暦何年頃か】

・西暦二二〇〇年ごろ。
・地球温暖化の影響が取り返しのつかないレベルになっている近未来。

【WHERE：物語の舞台はどこか】

・海面上昇によって地上都市が海に沈んだあとに発展した、船上都市／海上都市。

【WHO：物語の主人公は誰か】

・海上遊牧民である少年「ヤバル」と、海上都市民である少女「ユバル」。

【WHAT：現実と物語世界との差異は何か】

・地表は失われており、人はみな海に住んでいる。
・海上都市はあるが、可住地面積は不足しており、なし崩し的に海上遊牧民となっている者が多い。

・遊牧民には国境がなく、生きるために、自分たちで社会をゼロから構築している。

［HOW：差異はどのように起きているか］

・気候変動による地表の消失。
・自動操船の高度化。
・まるで自分の身体の一部であるかのように、あるいは、自分が船の一部であるかのような感覚を得られる船の普及。

こうして整理した骨格に基づき、ＳＦ小説として描き直すと次のようなものになります。長くなるので冒頭のみご紹介します。

ＳＦプロトタイプ作品サンプル「ヤバルとユバル」（冒頭）

穏やかな風が吹いている。
一隻の巨大な帆船と、一〇〇艘を超えるヨットの群れが、夏の太平洋を横切ってゆく。無線通信により同期接続された船たちは、まるでみな、意志をもって示し合わせたように同じ方向を向き、同じ速度で海上を移動している。船の帆は、風に合わせて絶えず角度を変える。風を受ける帆の運動は、それ自体で電力を生むとともに気候リスクのパターン解析を行っている。

船たちはリアルタイムで気候情報を分析し、危険を避けながら前進を続けている。搭乗員たちは、ヨット群からBMIへと自動送信されるリスクレポートの受信内容を確認することなく、当初導出された航行計画の変更は必要なく、人間系のオペレーションへの設定変更は必要ないことを知る。

海中から現れふたたび海中へと消えていく、幾何学模様のような無数の扇を描く波もまた、風と同様に船たちの動力源である。あるいは波は、子供たちの遊び道具の一つでもある。

白波の隙間を縫うようにして、海中から一人の少年が顔を出す。少年は近くを走るヨットのへりをつかんでよじ登る。彼は自分の背丈ほどもある網を持っている。網の中では色とりどりの、大小さまざまな魚の群れが飛び跳ねている。

少年の名はヤバルという。ヤバルを乗せた自動操船ヨットの群れは、ユバルという名の少女の待つ海上都市へと向かっている。ヤバルは海に生まれて海で育ち、ユバルは海に生まれて海で育った。つまるところ二人は海で育ったのだが、二人が海と聞いて思い描く海は、それぞれまったく異なるものだった。ヤバルは止まったままの街を知らず、ユバルは動き続ける街の姿を知らなかった。

ヤバルが生まれたのは、大型帆船「ノア」を中心とする群船網都市で、ユバルが生まれたのは「バベル」と呼ばれる海上都市だった。ヤバルは「オーシャン・ノーマッド」と呼ばれるトライブスの子、ユバルは「アイランダーズ」と呼ばれるトライブスの子だった。オーシャン・ノーマッドは海とともに生き、アイランダーズは海に抗って生きていた。オーシャン・ノーマッドたちの世界を規定するのは大いなる海であり、アイランダーズの世界を規定するのは、失われた大地への憧憬だった。

ヤバルはヨットから帆船に移ると、網ごと魚をコンテナにつっこんだ。コンテナの内部は窒素ナノバブル海水で満たされており、長い旅にも耐えられるようになっている。新鮮な魚を獲り、それらの魚たちを新鮮なままにバベルへと届けること。それが、ヤバルたちオーシャン・ノーマッドに与えられた代表的な仕事のうちの一つだった。

コンテナが自動密閉されたことを確認すると、ヤバルはデッキへと出て、それから目を閉じ、水平線の向こう側へと意識を集中させた。一隻の帆船と複数のヨットたちに搭載された望遠カメラの映像が、一瞬のうちに組み合わさり、焦点を結び、ＢＭＩを介してヤバルの視覚野へと流れこんでくる。バベルはまだ見えず、ユバルにはまだ会えない。航行計画によればノアがバベルに到着するまでにまだあと三日はかかる。そのためバベルの姿が見えるようになるまでに、まだ40時間はかかるだろう――頭ではわかってはいるが、幼いヤバルはつい毎日、ノアを通した遠視を試みてしまう。

しばらくのあいだ、ヤバルは目を閉じたまま遠視を続けていたが、やがてあきらめ、それからもう一度目を開いた。（冒頭終わり）

…………

いかがでしょうか。ここではいくつかの「変化」や「対立」が描かれています。SFプロトタイピングとして示唆に富む作品にするためには、あるいは単に物語を発展させるためには、「変化」や「対立」を明確に描いていくことが必要になるのです。

たとえば、この作品で事前に意図していた「変化」や「対立」には次のようなものがあります。

【変化】

・船上で暮らすことで、「時計」よりも「潮の満ち引き」など、海のバイオリズムや気候の変化などに合わせた時間感覚が重要になる。

・都市は、可住地面積を増やすために「縦」に伸びていった（ビルなど）が、船上ではビルを建設することはできず、船を一つの単位として、空間の認識は「点」に近くなり、船の間でコミュニケーションすることが主となる。

【対立】

・船上で暮らす遊牧民と海上都市民の対立。生活、経済、制度、衛生などの差異を描く。

・最終的にどのように対立を収束させるか、あるいは収束させないのか、ということもあわせて考える。

「変化」や「対立」を描くには、５Ｗ１Ｈで整理した物語をベースに、ポストイットやメモ帳などを用いて、その世界を構成する要素を書き出していき、それらの要素をくっつけたり引き剥がしたりしながら、示唆に富む組み合わせを見つけ出していくのがよいでしょう。たとえばこの作品で言えば、「船＋身体感覚」、「船＋脳波」、「潮＋時間」、「惑星の運動（自転・公転）＋海上遊牧民の感情」といったものです。

このようにして、「要素の組み合わせ」を試行錯誤し、しっくりくる「変化」や「対立」を探していくと、それまでには見つからなかった未来の姿が自ずと浮き彫りになってくると思います。

内容（センス・オブ・ワンダー）を考える

アウトラインの作り方がわかったところで、次に、物語について、それも、可能な限り尖った物語内容を考える方法について確認しましょう。

ＳＦとは「センス・オブ・ワンダー」の物語である、とよく言われますが、ＳＦに限らず、尖った物語にはセンス・オブ・ワンダーが必要なのだと、わたしは考えています。

センス・オブ・ワンダーとは、SF作品を鑑賞した際に、SF的な表現手法やアイディア、あるいは強烈なイメージによって、異化作用が強く働いた場合に起こる、自分の世界観が崩壊するような不思議な感覚のことを指します。

異化作用とは、慣れ親しんだ日常的な事物を奇異で非日常的なものとして表現するための手法であり、知覚の「自動化」を避けるためのものです。異化作用をもたらす言葉は、理解のしやすさ、平易さが前提となった日常的言語とは異なり、知覚を困難にし、認識の過程を長引かせます。日常から乖離した言葉はそれによって日常を相対化し、日常の言葉よりもよりいっそう、日常を雄弁に浮き彫りにするのです。

それでは、センス・オブ・ワンダーをつくるためにはどのようなことに気をつければよいのでしょうか？　端的に言えばそれは、「アイディアを絞ること」「メッセージを明確化すること」の二点であると、わたしは考えています。

1．アイディアを絞る

当然ながら、どんな傑作であっても、どんなに長大な物語であっても、すべての物語はまっさらな白紙から生まれます。白紙の中には、これから起こる可能性のある未来の姿が複数存在しているのですが、それらのすべてを一つの物語のうちに含めることはできません。一般論として、最初から可能性をあまりにたくさん広げると物語が複雑になり、長大になり、それにしたがって制御が難しくなるため、完成に辿り着けない可能性があります。

アウトラインの段階ではワンアイディアに絞ることで、シンプルな構造をもった短い物語になるようにし、また、完成イメージを持ちながら執筆できるような物語を想定しておくとよいでしょう。

2．メッセージを明確化する

物語のクライマックスと物語を通して言いたいこと（＝メッセージ、主張、問題提起、衝撃的な展開、絵）を一致させることで、メッセージを明確化します。センス・オブ・ワンダーとは、常識を裏切る効果のことであるため、メッセージがとても重要になります。「普通はこう見えている日常が、実はこういう風にできる」とか、「この技術を使うことで、いまは当たり前とされているこの風景がこう変わる」とか、そういう明確なビジョンに基づくメッセージをもって、物語を構成していくとよいでしょう。

また、メッセージを明確化することで、物語の全体像が把握しやすくなったり、技術的な意義が把握しやすくなったりし、議論を活性化させやすくなります。

物語を検証する

アウトラインを完成させたあとは検証＝テストが必要です。たとえ言葉だけでできていたとしても、ストーリーは一つのプロダクトであり、通常のプロダクトと同様、設計し製造したあとには、当初想定していた設計通りにちゃんと機能するかどうか、確認する作業が必要なのです。製造とテスト。そしてテストで見つかったバグを取り、品質を改善する作業。そうした地道な作業も立派な制作プロセスのうちであることを、あなたはつねに意識しながら作品をつくっていく必要があるのです。

以降に、ストーリーというプロダクトを検証するためのチェックポイントを記載します。完成した作品を前に、これらのチェックポイントを横目で見ながら通して読み、読み終わったら、ふたたび冒頭から書き直していくのがいいでしょう。小説というのは、初稿では絶対に完成しないと思っていただいたほうがよいです。

・最初の一文が全体の俯瞰図となっており、冒頭を読んだだけで何についての物語であるかがわかるか

情報に意味を与えるのが文脈の機能であり、文脈から情報の意味を抽出し、それをひとまとまりの物語として認識するのが脳の機能です。

こうした脳の機能を踏まえると、物語（作品）の冒頭で、物語全体の俯瞰図を垣間見せることによって、読者は物語の中のすべてのできごとを全体の文脈にひもづけ、すべての情報から意味を汲み取りながら読むことができるようになる、ということになります。

リサ・クロン『脳が読みたくなるストーリーの書き方』によれば、小説は単一の情報が

単独で存在するわけではなく、つねに前に出てきた情報が、後に出てくる情報をある特定の文脈にひもづけ、それによって、前の情報が後の情報を評価し、後の情報が前の情報を再評価します。言い換えれば、人が物事を判断するとき、人が物事と物事のつながりを物語として解釈するとき、脳の内部では、物事はつねに特定の文脈における評価軸に基づき、つど評価され続けているのです。

・物語の要点が明確で、ストーリーとは無関係な情報が可能な限り省かれているか

SFプロトタイピングによって作成される物語は誰に向けたものでしょうか？ それはクライアントでしょうか？ 自社の経営層でしょうか？ いずれにせよ、ステークホルダーのうち、意思決定力を持った人物には違いはないと思うのですが、あなたはそのことを意識しながら、SFプロトタイピングを行う必要があります。

記憶に残るシンプルで力強いストーリー、インパクトのあるメッセージ、何度も語られ、何度も思い出され、そして異なるステークホルダーへと伝達され続けるストーリー——これからあなたが書く物語は、そういうたぐいのものです。それは通常のビジネス文書ではありませんが、通常のビジネス文書のように取り扱われます。そのために、SFプロトタイピングを通してあなたの書く物語は、短い一節で要約可能で、メッセージが一言で言えるようなものでなければならないのです。

あなたが行うSFプロトタイピングは、何を目的とし、何をゴールとして見据えて描か

れたものなのか、もう一度明確化してみてください。そして、それは誰に対して、どのような文脈で語られるものなのかということを整理する必要があります。

・意味が明確で、視点に新規性があり、「だから何?」という問いに答えられるストーリーであるか

物語の中のすべての情報は、物語が要請する理由によって存在し、それぞれに明確な意味が与えられていなければなりません。そしてさらに、それらの情報は手垢にまみれた陳腐なものであってはなりません。

あなたが書くのは科学論文ではなく、ましてや古典的な騎士道物語などではなく、あなたが書くのは、未来をつくるためのSF小説なのです。そこには新規性、新しいビジョンが必要です。

SF小説では、「センス・オブ・ワンダー」——初めてのものに出会うときの、新鮮な驚きの感覚——が重要になります。

新しさに驚くこと、未知との遭遇を楽しむこと、つまるところ、SFとはそういうものなのです。そのために、ビジョンが新しくなければSF小説を書いているとは言えません。ビジョンが新しくなければ、SFプロトタイピングを行う意味がないのです。

コンサルタントの口癖に「So What?（だから何?）」というものがあります。物語を書いているあいだ、あなたは心の中にコンサルタントを住まわせ、つねに彼の言う「だから

何？」に耳を傾けつづけ、その言葉に答えられる情報を、物語の中に投入しつづけなければならないのです。

・科学的な因果関係が明確で、原因と結果が一致するストーリーであるか

ＳＦの楽しみの大部分は、科学的な因果関係——原因と結果のつながり——を知ろうとすることであり、小さな原因から大きな結果が導かれるダイナミズムにあります。

ＳＦの物語に触れる者はそのあいだ、頭の中で原因と結果として考えられる可能性を考え続けてゆきます。テクノロジーが何をもたらし、どのように人や社会を変え、ストーリーを駆動しているのかを、ＳＦ読者はＳＦ小説を読みながら考え続けるのです。

ＳＦに限らず一般に、物語を読んでいるとき、物語の中に新しい情報が出てくると、人はそこまでのすべての情報を再評価し、新たな視点でストーリーをながめるようになります。因果関係から外れる情報が出てきてしまえば、それまでの物語は読者の脳内で崩れ去ります。

そして、とりわけＳＦの場合は、せっかく妄想の世界を肯定的に楽しく遊んでいたにもかかわらず、一気に現実に引き戻されてしまい、「こんなのただの妄想だ」とか「科学的じゃない」とか「物理的にありえない」といったコメントが出てしまいかねません。一度そういうコメントがついてしまうと、物語の中に詰め込まれたすべての情報が説得力を失い、すべてが台無しになってしまう可能性があります。

もちろん、ＳＦプロトタイピングにおいて最も重要なのは書き手の妄想なのですが、実のところ、残念ながら妄想だけでは人を動かせることはめったにありません。人を納得させるには、飛び抜けた妄想と硬い論理を併せ持つ物語を書く必要があるのです。そうした物語を書くのはとても難しいことで、わたしも含め、プロの書き手でもうまくいくばかりではありませんが、それでもそこを目指し続ける必要はあります。

妄想と論理のあいだを絶えず往来する物語だけが、人の心を強く打ち、人を未来に突き動かすのだと、肝に銘じて、忘れないようにしていただきたいと思います。

4 物語を生み出すコツ

ＳＦプロトタイピングに限らず、物語を作るためにはいくつかの「型」や「方法論」が存在します。

本書をお読みの方々は、そもそも物語なんて作ったことがない（物語がどうやってできているのかわからない）という人が多いと思いますので、ここでは参考までに、物語の作り方のうち、いくつか代表的なものをご紹介します。

行って帰ってくる物語

評論家の大塚英志は、『ストーリーメーカー』のなかで、「物語とはすなわち「行って帰ってくる物語」である」と書いています。

異世界を訪問して元の世界に帰る物語の類型は、子どもが親しむ昔話にも多く見られ、浦島太郎や海幸山幸や羽衣伝説などは、典型的な「行って帰ってくる物語」として説明することができます。現代の作品で言えば、映画『君の名は。』や『千と千尋の神隠し』などは、近年の「行って帰ってくる物語」の最大の成功例と言えるでしょう。『君の名は。』は古典の名作「とりかへばや物語」の設定を現代に移し替え、男女の性別が反転した状態で、その謎を解き明かすべく非日常へ向かい、最終的には謎を解決し、日常へと帰ってゆきます。『千と千尋の神隠し』は、「千尋が異世界に迷い込み、あらゆる経験を通し、そしてまた現実の世界に帰ってくる」という物語であり、こちらもまたシンプルな「行って帰ってくる物語」にほかなりません。

古代の神話から現代の最先端の作品まで、多くのストーリーの構造には「行って帰ってくる」という枠組みが隠されているのです。

「行って帰ってくる物語」の構造に関連して、ジョーゼフ・キャンベルという神話学者が、『神話の力』『千の顔をもつ英雄』といった著書のなかで、代表的な物語の型として「英雄の旅（ヒーローズジャーニー）」という枠組みを提示しています。その枠組みのなかで、英雄はごく日常の世界から、自然を超越した不思議の領域へ冒険に出る。そこでは途方もない力に出会い、決定的な勝利を手にする。そして仲間に恵みをもたらす力を手に、この不可思議な冒険から戻ってくる――。キャンベルによれば、多くの物語は、こうした原型を反復しているのです。「英雄の旅」から派生した逸話として、キャンベルは、プロメテウスの神話や、「ブッダの偉大な闘争」と呼ばれる、悟りに至るまでのゴータマ・ブッダの修行の日々について語られた挿話に触れています。いずれの物語も、日常を出て、非日常の体験を通して、当初とはまったく変わった状態で日常へ帰ってゆく、という点で共通しています。

こうした物語の構造は、現代においても、物語を必要とする様々な場面において使われています。アイデンティティや居場所といったものが失われた状態で話がはじまり、満たされることでハッピーエンドを迎える物語。あるいは放浪の英雄神が、怪物を退治し、お姫様と結婚して新居を構えるという、古典的な英雄伝説のような物語――。小説に限らずとも、映画や、ドラマや、アニメや、漫画や、ゲームなどを通して、こうした物語に触れた記憶を持つ人は多くいるでしょう。それほどまでに、「英雄の旅」という物語の構造は、古典的であり、それがゆえに、長らく多くの人々に愛されてきた物語の構造だと言えるのです。

もちろん、こうした物語の構造は、役に立つものであると同時に、物語の「紋切り型」とも言われ、現代においてはしばしば批判の槍玉に挙げられることも多い物語の類型です。しかし逆に言えば、これさえ知っていれば、王道の、シンプルな物語を構成することはできるということでもあります。

これに「テクノロジーによる世界の異化」だとか、「異化された世界の人間にとって、人間として残るもの／残らないもの」といった、SFとして思弁を促す要素を適切に配置していくことで、SFプロトタイピングとして求められる物語の型ができあがります。SFというと、複雑な情報がからみあった物語を想像して身構えてしまうかもしれませんが、一見すると複雑な物語も、単純な型や要素の組み合わせから成り立っています。

また、キャンベルは、「英雄の旅」としての「行って帰ってくる物語」の構成要素を、以下の八つに分類しています。こちらもあわせて覚えておくとよいでしょう。

1. Calling（天命）：何か物事を始めようと考える
2. Commitment（決意）：決意して進む
3. Threshold（境界線）：不安になったり、予期せぬ出来事に負けそうになる
4. Guardians（メンター）：誰かの手助けによって解決できたりする
5. Demon（悪魔）：更に大きな難題にぶつかる
6. Transformation（変容）：いろいろな手法で解決できる（自分自身が大きく成長するとき）
7. Complete the task（課題完了）：成長した自分自身を認めることが出来る
8. Return home（故郷へ帰る）：ゴールを迎えると共に新しい目標に向かう

三幕構成

「英雄の旅」あるいは「行って帰ってくる物語／喪失と回復の物語」を構造化し、より複雑な物語の骨格をシステマティックに作ることができるようにしたのが「三幕構成」と呼ばれる構成です。

三幕構成はその名の通り、第一幕・第二幕・第三幕の三つのブロックから構成されます。第一幕では物語上の問題が提起され、第二幕では物語上の問題解決が試みられて失敗し、第三幕では努力の果てで問題解決が成功する、というのが基本線です。

それぞれの内容を見ていきましょう。

［第一幕：冒頭。物語上の問題を提起する］

まずは物語を設定し、人々や場所を紹介します。主人公は誰なのか、物語の舞台はどういうところなのか、といった簡単な疑問に答えていきます。また、トピックとなるテクノロジーの説明を始めてもよいです。登場人物はどのような問題を抱えているのか、テクノロジーはどのような問題を抱えうるのかという点にも、ここで触れておくのがよいでしょう。

［第二幕：中間。物語上の問題解決を試み、失敗する］

物語世界において、第一幕で提示された問題の深層を追求してゆきます。作中のテクノロジーにはどのような効果があるのか、それは人々の生活をどう変えているのか、それは新たな危険を含んだものではないのか、問題を解決するには何をすればいいのか——といったことについて試行錯誤し、いくつかの問題解決のアプローチを想像しながら描きます。

［第三幕：結末。クライマックス。物語上の問題解決を試み、成功する］

新たに大きな問題を明らかにし、問題提起をし、物語の終わりに向かって解決の糸口を提示します。物語は終わりますが、第二幕で展開された考察に基づき、ありうる結論、ありうる対応、ありうる解釈とそれがもたらす変化、そして、それがもたらす新たな問題を提起し、議論を起こすようなかたちで、開かれた終わり方にするのがベストです。

［三幕構成の具体例『バック・トゥ・ザ・フューチャー』］

代表的な三幕構成のSF作品には、『バック・トゥ・ザ・フューチャー』が挙げられます。

『バック・トゥ・ザ・フューチャー』の第一幕では、主人公マーティと家族、悪役のビフ、そしてマーティは家族とビフとの関係において問題をかかえていることが示されます。次に、マーティの相棒である博士、ドクの紹介があり、ドクが発明したタイムマシン「デロリアン」や時計塔といった、キーとなるガジェットの紹介があります。ここまでで基本的な設定や世界観などがほとんど開示されています。次に、ドクがリビア人の過激派に撃たれます。そこでタイムスリップが発生し、マーティが過去の世界へと移動します。これが物語上の大きな見せ場になると同時に、第二幕への展開にもなっています。

次に第二幕では、マーティが現在へと戻るため、過去世界のドクに会いに行こうとします。マーティは無事に過去のドクに会うことができますが、過去のドクは、この時代では燃料としてのプルトニウムは存在していないとマーティに言い、そうしてマーティはプルトニウムに代わるエネルギーを探すことになります。やがてマーティは、代替エネルギーとして時計塔へ落ちた雷を利用することを思いつき、実現に向けて奔走します。そうして結果的に、マーティは無事に落雷を利用して現在に戻ることができます。

また、第二幕ではサブプロットとして、過去に飛んだマーティが、本来は父が助けるはずだった母を助けてしまい、それによってタイムパラドックスが発生し、自分の存在が消えるかもしれないという事態に巻き込まれます。それからマーティは、自身の存在の消失を防ぐため、父と母とを結びつけるために、ダンスパーティへの招待を行うなど、様々な試行錯誤を繰り広げます。途中、母が結局マーティに惹かれそうになってしまいますが、父がビフを撃退したことにより両親は正常な関係へと戻ります。こうしたエピソードは、ある種時間ＳＦの「お約束」だと言えます。

第三幕では、現在へ戻ったマーティが、過激派にドクが撃たれるのを防ぐため、事件現場へ直行します。結局マーティはその事件発生時刻には間に合わないものの、なぜだかドクは死なずに済んでいる。これもまた一種の伏線で、時間線が変わることで、元の事実の一部が改変されていることが示唆されます。そして、マーティが日常生活に戻ってゆくと、時間線の改変によって家族やビフの様子が変わっており、マーティと彼らの関係が良好になっている。物語を通過することで歴史の一部が書き換えられ、そのことによって当初マーティがかかえていた問題が解消することになる。そのようにして、物語の最後の伏線が回収されるのです。

『バック・トゥ・ザ・フューチャー』の例でわかるように、三幕構成は、視聴者／読者を引きつけ続ける魅力をもった構成であると言えます。

さらには『バック・トゥ・ザ・フューチャー』は三部作のうちの第一作目であり、そのエンディングでは続きを匂わせる次の事件の発生が告げられます。三幕構成となっている『バック・トゥ・ザ・フューチャー』という作品自体が、実はさらに大きな三幕構成のうちの一幕として組み込まれていることが示唆されるわけです。

実際『バック・トゥ・ザ・フューチャー』三部作は、全編通してたいへん見事な三幕構成となっているので、まだ観たことのない方は、この機会にぜひ観てみるといいでしょう。

伏線

伏線とは、登場人物の行動やできごとを暗示する機能のことで、それは読者を物語に引きつけるための道具としてよく知られています。一見すると難しそうな小説技法に見えるかもしれませんが、コツさえ摑めば簡単に誰でも作ることができます。

前に書いておいたことが後半で意外な形で出てきて、「あれはそういうことだったのか」と思わせる技法が伏線です。伏線はこのように、単調なストーリーに意外性をもたらし、続きを読ませる推進力になります。また、まったく関係ないと思っていた前後の文脈が、伏線によって意外なところでつながるため、伏線は、時空や世界を超えて物語を一つのものに統合し、全体の構造を堅固にする働きがあります。

また、たとえ都合が良すぎる展開のストーリーでも、伏線を張り、構成要素間の論理的なつながりを強調することで、現実味を増やし、「たとえ意外に感じたとしても、論理的にはそういうことも起こりうるのだ」と、読者を納得させる効果があります。

ストーリーの前半に張る伏線と、後半に回収する伏線によって、ストーリーは前半と後半で全く異なるものとなります。前半に書かれたエピソードは、文章は変わっていないのにもかかわらず、伏線回収後に読み返すと、全く異なる印象をもって立ち現れてきます。それは、あらゆるものごとには多様な面があり、すべての面を一つの文脈で説明することはできず、物語が展開することで変化する文脈によって、強調される面が異なるためです。

たとえば、王道的な伏線の一つに、「胸ポケットのコイン」というものが挙げられます。コインは通貨として作られ、売買を行うという機能を持っており、それ以外の機能は本来想定されていませんが、それがたまたま胸ポケットに入っている状態で胸を撃たれた場合、そのときコインは通貨としてではなく、「偶然の防具」として機能します。伏線の機能は、そうしたものごとの多面的な側面に焦点を当てながら、物語を動かしていくということです。

そのため伏線をつくる際にはまず、伏線として使う道具の「性質」を抽出することが重要になります。

コインで言えば、通貨として使われること、小さいものであること、硬いものであること、などが性質として挙げられます。そして、これらの性質について、異なる文脈を与えて異なる側面を出すことが、伏線を創作する作業になります。

整理すると次のような流れになります。

1．伏線にするものを決める
↓例：コイン。
2．伏線にするものの性質を抽出する
↓例：コインは通貨として使われる。コインは胸ポケットに入るほど小さい。
3．性質の一つについてエピソードをつくる
↓例：コインを通常の通貨として使用するエピソード。大切な人から渡されるというエピソード。胸ポケットに入れる、大切な人に渡される際に胸ポケットに入れられるなどのエピソード。
4．先の性質とは異なる性質についてのエピソードをつくる
↓例：胸を銃で撃たれる。その際に、胸ポケットにあったコインのおかげで一命をとりとめるなどのエピソード。
5．つくった二つのエピソードを、伏線と回収のエピソードとしてつなげる

こうして、同じコインであっても、文脈と機能の違いから、読者に異なる印象を与え、また物語を統合的なものとして構成することができます。

どんでん返し

読者の予想を裏切り、あっと驚かせるストーリー上の仕組みのことを「どんでん返し」と呼びます。どんでん返しとは伏線と伏線回収の一種であり、伏線—伏線回収の性質を応用し、伏線が回収される際の「驚き」が最大化されるよう設計された仕組みを指します。

どんでん返しは、作中のごくごく一部の人物だけが真実を知っている、そういう構図からもたらされるものなので、多くの登場人物がそのことを知っていてはいけませんし、もちろん読者が予想できるようなものであってはいけません。登場人物は真実を知らず、読者も真実に気づけない——そうした前提があるがゆえに、「どんでん返し」は驚きを最大化する伏線回収として機能するのです。

このような「どんでん返し」のうち、物語の世界設定そのものを覆す類のどんでん返しは、ＳＦではよく用いられる手法です。

サイバーパンクＳＦ映画の傑作『マトリックス』では、登場人物たちが日常を過ごす、普段は現実だと思っている世界が、実のところ機械が作り出した「マトリックス」と呼ばれる仮想現実であり、本当の世界では、人間は機械に利用され、機械文明を運営するための演算資源として搾取されている、という世界設定の「どんでん返し」の構図が描かれます。これは典型的などんでん返しであると言えますが、しかし、ここまでは、ある程度SFに触れている人ならば気づいてしまうような、「お約束」でもあります。

『マトリックス』が面白くなるのは、二作目以降、現実に目覚め、機械文明と戦うことを決意した主人公のネオが、機械文明のボスである「アーキテクト」に接触する場面です。そこでネオたちは、「アーキテクト」に驚愕の真実を聞かされます。

「アーキテクト」によれば、仮想現実から本当の現実世界に目覚め、救世主として活動していたネオもまた、あらかじめ「アーキテクト」が演算したシミュレーション通りに動いていたというのです。決定論にあらがい、自由意志で戦うことに目覚めたと思っていたネオも、所詮はアーキテクトが描いたシナリオのなかに、あらかじめ盛り込まれていたということ。そしてネオはそうした事実を受け止めきれず、自分で自分がわからなくなり、錯乱します。ここでもまた、SF的などんでん返しの手法が機能しています。

田丸雅智メソッド

ショートショート作家の田丸雅智は、著書『たった40分で誰でも必ず小説が書ける超ショートショート講座』の中で、専用ワークシートを用いて、「言葉と言葉を組み合わせ」「不思議な言葉を作り出す」ことで、ショートショートを書きはじめることを推奨しています。概要を紹介します。

① 名詞を探して書いてみよう

まずは、思いつく限りの名詞を書き並べます。名詞に制約はなく、なんでもいいです。三分程度の時間制限を設け、制限時間内にできるだけ多くの名詞を絞り出します。何も思いつかない人には「周囲を眺めてみる」こと「辞書をめくってみたりすること」などが推奨されます。

② 名詞から思いつくことを書いてみよう

次に、名詞から連想される言葉を書き出します。ここで書く言葉は、名詞であっても形容詞であっても、動詞や副詞などでも構いません。『たった40分で誰でも必ず小説が書ける超ショートショート講座』の中では、「太陽」という名詞から連想される言葉として、「発電に使える」「皆既日食」「ぽかぽかする」「夕焼け」などが例として挙げられています。ここでは必ずしもつながりが妥当な言葉である必要はなく、「マグマみたい」「王冠みたい」など、一見無関係に見えるものでも問題ありません。むしろ、無関係に見える言葉のほうが、のちに広がる可能性があります。ここでも時間制限を設け、四分程度で書き出すことが推奨されています。

③　①と②の言葉を組み合わせて不思議な言葉を作ってみよう

①で書き出した名詞と、②で書き出した連想の言葉を組み合わせて、「不思議な言葉」を作ります。ここから先が、田丸雅智さんのオリジナリティのあるメソッドです。田丸さんの説明を紹介します。

たとえば、①では「タコ」「傘」「太陽」という名詞が出ているとして、②では「太陽」という名詞からの連想で、「発電に使える」「ぽかぽかする」という言葉が出ているとします。

そして③においては、それらの言葉を別々の言葉同士で組み合わせ、「太陽」→「発電に使える」「ぽかぽかする」という組み合わせから、「タコ」→「発電に使える」という組み合わせに変えたり、「傘」→「ぽかぽかする」という組み合わせに変えたりするのです。

こうしてなかば自動的に、「発電に使えるタコ」「ぽかぽかする傘」といった「不思議な言葉」が創出されるというのが、田丸雅智メソッドの特徴です。

④　不思議な言葉から想像を広げよう

③まで達成すればあとはその言葉を中心に物語を書くだけなのですが、田丸雅智さんのメソッドには続きがあります。「不思議な言葉」を抽出しただけでは、まだ物語にはたどり着けず、物語を書き始めるためには、次のような問いに答えていくことで、「想像を広げる」ことを、田丸さんは推奨しています。

問1：選んだ言葉
問2：それは、どんなモノですか？ 説明してください。空いたスペースにイラストで描いても〇Kです。
問3：それは、どこで、どんなときに、どんな良いことがありますか？
問4：それは、どこで、どんなときに、どんな悪いこと、または左で書いたこと以外のどんなことがありますか？
問5：上に書いたことをまとめてください。（出たもの全部を使わなくても〇Kです）

これらの段取り・手順は、同書の中でワークシートの形で整理されており、ワークシートを埋めると小説の設計図ができる仕組みになっています。

ワークシートは、ウェブサイト「田丸雅智の超ショートショート講座・ＷＥＢ版」で公開されているので、興味のある方はそちらで一度ためしてみるといいかもしれません。

スレットキャスティング・アプローチ

スレットキャスティング・アプローチとは、『インテルの製品開発を支えるＳＦプロトタイピング』の著者であるＳＦ作家／フューチャリストのブライアン・デイビッド・ジョンソンが推奨するSFプロトタイピングのアプローチです。

これは、未来の「スレット＝脅威」を想定して、その脅威を避けるためにいま何をすべきか、ということを考える、バックキャスティング・アプローチの応用であり、戦略コンサルティングにおける事業戦略の立案などにも使われます。

スレットキャスティングは、社会科学、技術研究、文化史、経済学、トレンド、専門家へのインタビュー、SFのストーリーテリングなどから、「未来にどういうリスクがあるのか」を考えるためのインプットを取り入れます。そうして集めたインプットに基づき未来のストーリーを描くことで、「いま何もしなかった場合、どのような悲劇が起こりうるのか」というビジョンを探索することができます。

SFは、ユートピアだけでなくディストピアも多く描いてきたジャンルです。SFプロトタイピングでは、「本当に欲しい未来」として、ユートピア的なビジョンを構想することが多いですが、ディストピア、つまり「こうはなって欲しくない未来」もまた、反語的に利用することで、別様の未来を浮き彫りにするという点では、SFプロトタイピングとして有効だと言えます。

SFプロトタイピングだからと言って、ディストピアを避けるのではなく、一つの物語の可能性として、選択肢に入れておくようにしましょう。

〈SFプロトタイピング〉のケーススタディ 3《パート》

ここまでは、ＳＦプロトタイピングのプロジェクト進行の方法や、ＳＦプロトタイピングにおけるストーリーの書き方について学んできました。

最後の章では、ＳＦプロトタイピングのプロジェクトにおける「具体的なアウトプット」を紹介します。

もちろん、ＳＦプロトタイピングでは、プロジェクトの背景や目的に応じてアウトプットは異なりますし、アウトプットが必ずしも小説であるとは限りません。

しかし、ＳＦプロトタイピングのプロジェクトは前例が少なく、そうしたプロジェクトにおいて過去にどのようなものが書かれてきたのか、という参考にはなると思います。

これから紹介するＳＦプロトタイピング作品のテーマは次のとおりです。

・ケース１．未来の服を考える
・ケース２．未来の都市を考える
・ケース３．COVID-19 以降の社会を考える

これらの作品がＳＦプロトタイピングのすべてというわけではなく、また、こうあるべきとも限りませんが、具体的なケーススタディとしてお読みいただければと思います。

ケース1 未来の服を考える

最初に紹介するのは、ATOUNというパワードウェアをつくっている会社のプロジェクトで作成したＳＦプロトタイピング作品です。

ATOUNでは、「一〇年後のパワードウェアを考える」ことを目的にＳＦプロトタイピングの手法を採用しました。

このプロジェクトではじめに、わたしを含めた複数人のＳＦ作家で何作かのＳＦ小説のプロットを用意し、そのプロットに基づいてプロジェクトメンバーで議論を行いました。

そこでは「カジュアルに着るパワードウェア」「男女や年齢による身体的格差をなくすこと」「データ化され蓄積された能力をダウンロード可能にすること」そして、「パワードウェアと生身の身体の間での〈中動態〉を実現すること」といったアイディアが飛び交い、そうしたアイディアを小説とイラストに落とし込むことで、最終的には二〇三〇年までの事業戦略に活用されることが決定しました。

それまでのパワードウェアのイメージと言えば、「力のない人でも重いものを持てるようになる」だとか、「老人や障害者でも山道などの険しい道を歩けるようになる」など、

「人がもともと持っている力を増幅させる」という「1を100にする」視点が主でしたが、ATOUNのSFプロトタイピングでは、「能力をダウンロードする」という、「0を1」にする視点が出たことが画期的でした。こうした発想は、現時点ではデータが不足していたり、繊細な運動を制御するハードウェアの実現性に疑問があったりと、今すぐには実装できるものではありませんが、一〇年後にはどうなっているかわかりません。少なくとも、そうしたビジョンに向かって、向こう一〇年間の事業ロードマップを引くことには意義があります。

また、より大きな話として、ここで挙げられた「中動態」というテーマは、AIがより人類に近い存在となっていくこれからの時代において、あらゆるテック企業が持つべき、応用範囲の広い、普遍的な視点になるものと考えられます。AIがわたしたちの生活に入り込み、AIが必要不可欠なものになればなるほど、わたしたちができることはAIなしには成り立たなくなり、わたしたちという存在の境界は、AIを含めて考えることが前提となるからです。

そこでは、わたしたちが成すことは、わたしたち自身で成したことなのか、あるいは、AIが成したことなのか、という議論が意味を持たなくなります。そこでのわたしたちとは、AIあってのわたしたちなのであり、AIとは、わたしたちあってのAIだからです。わたしたちとAIのあいだにあるもの、そこで生まれる、新たな存在としてのわたしたちについて考えることが、おそらくは近い将来について語るとき、最も重要なことになってくるのだと、わたしは考えています。

母を着る

1 Health monitoring

先日、母が他界した。六五歳だった。

ファッションデザイナーだったわたしの母は、生涯にわたり服を作ることを愛し続けた。最後の数年間には健康上の困難に見舞われたものの、それでも彼女は死ぬまで服を作るのをやめなかった。彼女は愛する自分の人生を生き続けた。彼女は愛する自分の人生を諦めなかった。

六〇歳のとき、彼女は仕事中に脳出血で倒れた。

彼女はそのときひとりだったが、身につけていたスマートスキンがバイタルデータの異常を検知し、最寄りの病院にアラートを送信していた。そのおかげで彼女は早期に発見され、救急隊による適切な処置を施され、幸い一命をとりとめることができた。

けれど、彼女の神経の一部には後遺症が残った。彼女が意識を取り戻してからも、ニューロンやシナプスは部分的に麻痺したままで、脳からの信号をうまく処理できず、彼女は自分の身体を思うように動かせなくなった。繊細さが求められる服飾の仕事はもちろん、日常生活でも介護が必要になった。

彼女は一日のほとんどの時間をベッドの上で過ごすようになった。彼女はみるみるうちにやせ衰えていった。そのころの彼女は、生きる活力を失いきってしまっているかのように、わたしの目には映っていた。わたしは、そんな母のためにわたしができることを探していた。

2 Performance optimization

母の六二歳の誕生日。わたしは彼女に、最新バージョンのパワードウェアをプレゼントした。それは、その年に新たにつくられたレディースラインからのはじめての製品で、腕から脚まで全身をすっぽりと包み込む、ジャンプスーツのような形状をしていた。

ウェアに搭載されたパフォーマンス最適化アルゴリズムは、スマートスキンが取得し蓄積していた彼女のアクティビティ・データを継承し、分析し、彼女が最もパフォーマンスが高く仕事をしていたころのデータを出力し、そのデータに従って自らの設定を最適化する。

プロフェッショナルな職人として、誰にも頼らず自分の力だけで仕事をしてきた自負から、最初はウェアを着たがらなかった母も、わたしがなだめすかすとしぶしぶウェアを着て、ベッドの側にミシンを置き、訝しみながらもふたたび服を作りはじめた。

それから母は、毎日のようにミシンに触れ、服を作るようになった。

もう一度、母は自分の人生を生き直しはじめたのだ。

3 Hearing the middle voice

パワードウェアを着ることで、母は——面白いことに、自分ではそれがウェアのおかげだとは認めたがらなかったのだが——ファッションデザイナーとして最も輝いていたころの自分を取り戻したのだと話した。

「不思議なことに、倒れてからのほうがなんだか調子がよくって、倒れる前よりいい服を作れている気がするのよね」と母は言った。「きっと、何もできない時間にいろいろ考えて、自分が本当にやりたいことや本当に作りたい服のことを知れたのね。気持ちが前を向きはじめると、身体の動きもよくなるの。いまではひとりでなんでもできるようになったし、ミシンだって、前よりもずっと自由に、思い通りに動かせる。なんだか、まるで二〇代のころに戻ったみたいにね」

もちろん、わたしは母の回復が母自身の力によってのみもたらされたものだとは思わない。それでも、それらの全てがウェアによってのみもたらされたものであるとも言えるはずがない。どこまでが自発的で自律的な自由意志によるもので、どこからが技術的で他律的で決定論的なメカニズムによるものなのかは、わたしにはわからない。

けれど、いずれにせよ、母はうれしそうだった。わたしもうれしかった。そして、わたしたちのその気持ちはずっと変わらなかった。母はしあわせの中で、しあわせだった生涯を終えた。

4 Inheriting her ability data

昨日、わたしは母の部屋を掃除していた。母の遺品を整理していた。

母の部屋には、壁一面に、額に入れられた自作の写真が飾られていた。床や机の上には、作りかけの服の切れ端やデザイン案が散らばっていた。色とりどりの母の痕跡が、彼女がまるでまだ生きているかのように、彼女の人生を物語っていた。わたしは昔を懐かしみながら部屋を見渡した。

不意に、母のウェアがわたしの目にとまった。わたしはそれを手にとった。

ウェアには母のアカウントがひもづけられており、アカウントには母のアビリティ・データが記録されていた。アビリティ・データとは、ウェアのアルゴリズムが〈最も母らしいと考えられる運動パターン〉を、母の行動履歴から抽出し要約しパッケージ化したもののことで、クラウド上にアップロードされ共有されたそれらのデータ群は――いや、ろくに知りもしないことを長々と話すのはやめよう。つまるところ、要するにその服は、母がミシンを縫うときの感覚を覚えていたのだ。

わたしは、ためしにそれを着て、ミシンの前に座ってみた。

それからわたしは、アビリティ・データの再生モードでパワードウェアを起動したのだった。

5 With my mother's memory

わたしが着ているスマートスキンとその上から重ねられた母のパワードウェアが、相互にデータを連携し、分析し、母の行動履歴とわたしの身体基礎情報を重ね合わせた。ウェアは運動を開始し、わたしの身体を駆動しはじめる。

わたしは目を閉じて、その服が覚えている〈母の記憶〉に身をゆだねる。

わたしは、生きていたころの母と同じように身体を動かし、母と同じようにミシンの音を聞き、母と同じように服を作った。そのとき、わたしは母を着ていた。わたしたちの記憶を着ていた。

気づくとわたしは母になっていた。わたしの身体を母の身体にゆだねることで、わたしは母になっていた。わたしは、わたしの身体の全てで、わたしの身体の底の底から、母のことを思い出していた。

そう、そのときたしかにわたしは母だった。わたしの身体は母の身体になり、わたしは母そのものになっていたのだ。

6 Enduring our memories

「わたしたちはずっと一緒よ」

わたしの身体の中で、生きている母の声が響く。

「あなたがいくつになっても、わたしが消えてしまっても——いいえ、あなたが消えてしまったとしても、わたしたちは一緒にいる。これからもずっと、わたしはあなたのただひとりのお母さんで、あなたはわたしのただひとりの娘だもの。そしてそれは続いてゆく。何も失われてなどいない。何も失われなどしない。そうして、いつかあなたが母になり、やがてあなたの娘が母になる。あなたはあなたの娘の中で生き続け、あなたの娘は、その先の娘の中で生き続ける。わたしたちの思い出は、こうやって生まれ直し続けるの」

わたしは母に教えてもらい、母とともに、母になり、母とわたしの服を作る。

わたしは母のミシンに手を伸ばしている。ミシンのペダルを踏んでいる。母の手がわたしの手となり、母の足がわたしの足となって、同じリズムを奏でている。たとえ目には見えなくとも、わたしには、母が生きてここにいることがわかる。

やがて、わたしたちの服ができあがる。母が作ってくれた服が、わたしと母が作った服が。

そうしてできあがった服は、いつかわたしの娘が着るだろう。わたしは、母とわたしの服を着た娘を写真におさめようと、ポケットの中からカメラを取り出す。想像上の娘はいま、カメラに向かってポーズをとり、満面の笑みを浮かべている。

わたしが子供だったころに、子供のわたしがそうしたように。

ケース2 未来の都市を考える

本作は、everblue Technologiesという自動操船ヨットを開発しているスタートアップ企業に対して、デザインコンサルティング会社のLoftwork社とともにSFプロトタイピングを行った際に書かれたものです。

このプロジェクトでは、SF作家であるわたし以外に、デザイナーやエンジニア、編集者やプログラマなどが参加し、それぞれの知見を持ち寄って、「未来のヨットがある風景」を描くことを目的にSFプロトタイピングのワークショップが開催され、小説作品にとどまらないプロトタイピングを通して、未来のヨットや未来の海上文化、また、SFプロトタイピングならではの視点と言える「未来の人類」といった壮大なテーマまで模索することができました。

プロジェクトの進行はかなり特殊なもので、最初にわたしが「ヨットとともにある未来」に関するSF小説の冒頭を書き、その冒頭にもとづいて、プロジェクト参加者が「物語の続き」を書いてみる、という段取りで進められました。

何度かの意見交換を繰り返し、最終的には、当初の予定の通り「物語の続き」を書いてくるメンバーもいれば、「未来の風景をイメージした図」を書いてくるメンバー、「ヨットの設計図」を書いてくるメンバー、あるいは、「カードなどでつくったプロトタイプの写真」を撮ってきて紹介するメンバーなどがいました。また、こうしたアイディアは、必ずしもヨットのみにとどまるものではなく、海上都市や海中都市などの未来の都市、そしてそうした未来の都市での生活や文化などにまでおよぶものでした。

そこでは、サイフューチャーズなどで行われている、通常のＳＦプロトタイピングとは異なる化学反応が生まれていたように思えます。ＳＦプロトタイピングでは一般的に、クライアントとＳＦ作家が、１：１の関係でコミュニケーションを行いますが、本プロジェクトでは、多様なメンバーによるワークショップを複数回行うことで、ｎ：ｎのコミュニケーションが生まれ、それぞれの専門性から、突飛でありながら同時に合理的でもある、奇跡のようなアイディアが生まれていました。

このようにして、各メンバーたちのコミュニケーションから生まれていった、数々の奇抜なアイディアを整理して、わたしは、プロジェクトの開始当初に共有していた小説の冒頭とはまったく異なる小説を新たに書きました。そのために、ここで紹介するＳＦプロトタイピング作品は、そのようにして生まれた、バックグラウンドの異なる複数メンバーのアイディアの結晶なのだと言えます。

ＳＦプロトタイピングのワークショップは、このように、アイディアが次々と出てくることで、即興的にアウトプットが変化していく（即興的にアウトプットが変化していっても

ケース2 未来の都市を考える

「ペーンポーイ文明における都市型演算機構の活用事例」

よく、また、アウトプットが言葉のみでできているために、即興的にアウトプットが変化していくことができる）という点にも、ほかの手法にはない面白さがあるのです。

ペーンポーイ文明における都市型演算機構の活用事例

（『ペーンポーイ民俗史研究』第二七号掲載）

1

旧文明であるペーンポーイ文明において、都市型演算機構が利用されていたことは広く知られている。しかしながら、そうした機構が新人類の発展にいかにして寄与することになったのかということについては、これまであまり語られてこなかった。本稿は、新人類文明の科学技術である認識収束機構との関係に焦点を当てつつ、ペーンポーイ文明における都市型演算機構の効用について、事例を交えて考察することを目的として書かれている。

周知のとおり、現生人類はペーンポーイの民を祖としている。現生人類である私たちは、海中で一生を過ごし、また、おそらくは（私たち自身の身体機能の制約上）海中以外では過ごすことができないと考えられるが、そうした社会的慣習や遺伝学的特徴の来歴をたどると、旧世界の文明人であるペーンポーイ人まで遡ることができる。

ペーンポーイの民は長らく海の上で暮らしていた。少なくとも、それまでの全人類が陸地を追われる一六〇〇年前には既に、ペーンポーイ人は海上での遊牧生活を行っていたことが知られている。ペーンポーイ人は、かつて地球上に存在したミンダナオ島とスールー島と呼ばれる二つの島、それからその周辺に点在する小さな島々の沿岸地域を起源とし、いくつかの天災や紛争に見舞われたのちに、カガヤンスル島、東ボルネオ海岸に沿って広がっていった。ペーンポーイ人は潜水によって捕獲した魚介類や加工した真珠の販売を主な収入源とし、居住空間を持った小舟で各地を移動し、漁獲と交易を繰り返しながら生活をした。ペーンポーイ人はその人生の大半を海中と小舟の上で過ごした。ペーンポーイ人たちの慎ましやかな歴史は、次の人類種族が現れる三二〇〇年頃まで、二六〇〇年以上にわたって続いた。

私たち現生人類が初めてペーンポーイ人との接触を試みたとき、ペーンポーイ人の多くは主に、マトルーナンと呼ばれる海上都市で暮らしていた。マトルーナンは、植物由来の合成繊維から成る円形の浮体構造物であり、広さはおよそ二一九四平方キロメートルで、平均六〇〇メートルの高層ビル群が立ち並び、七〇〇万の人口を収容していた。マトルーナンの直下ではサンゴ礁がテーブル状に広がっており、強固な地盤をつくっていた。二〇八八年に発生したユーラシア大地震の影響で、海面が大幅に急激に上昇し、地球上から陸地が失われたあとにも、サンゴたちは海中で、何千年もの歴史の彼方から連なる、自然の都市を構成し続けていた。

自分たちを除く旧人類の種族たちや、自分たちを除く旧人類の種族たちが残してきた文明の全てが海底に沈んだことを知ったとき、ペーンポーイの人々の脳裏によぎったのは、「文明を継ぐ」という大それた使命感などではなかった。ペーンポーイ人たちは何よりもまず、自分たちが生き延びるための方法を考えただけだった。彼らはただ、自分たちが生き延びるためだけに、海中に潜り、前文明の遺産を少しずつ回収し、それらの技術や社会や文化の片鱗を、彼らなりの方法で復旧し再現し応用することを検討した。彼らは、来歴を失ったテクノロジーを解析し解釈することで、海上に土地をつくり、家をつくり、船をつくり、港をつくり、共同体をつくり、生活圏だけではなく、それとは切り離された経済圏や産業圏をつくり、そこで生み出した生産物を異なる生産物へと還元した。

マトルーナン周辺の海中には、海洋生物のための牧場があり、海藻でできた酒類の醸造所があった。港から発出された自動操船海中ヨット群が、海底地形をサンプリングし、魚群探知を行い、海域生態系を探査していた。海中ヨットたちは、音響機構を応用した海中通信ノードを用いて、船底から二〇メートル程度懸架することで、子機と連携した長距離通信を実現していた。ペーンポーイ人たちは脳とノードを直接接続することで、その場から身体を動かすことなく、最大三〇〇〇キロメートル先の海底地形を把握することができた。彼らは取得データに基づき海上都市の開発計画を精緻化し、海上都市を拡大していった。

ペーンポーイ人は、旧人類の文明とは別の仕方で、異なる道筋をたどりつつ、しかしながらそれと同水準か、あるいはそれ以上の水準の文明をつくりあげていた。ペーンポーイ人は子供を次々に生み育て、人口は指数関数的な増加を見せた。海上都市の可住地面積はすぐに足りなくなった。彼らのうちの一部の人々はマトルーナンを離れた。彼らは都市を分散させる計画を立て、そして実際にその計画を遂行した。マトルーナンの港に、巨大な船舶が次々と造られては浮かべられた。大型船舶の多くは抵抗の少ない涙滴型で、後部は広く生活圏として設計され、全体としては一〇平方キロメートルを超える広さがあった。船には、大人や子供や赤ん坊が乗り込み、航海士や漁師や農民が乗り込み、医者や法律家や技術者や教育者や自然科学者が乗り込んだ。彼らは自らの新たな住処をして「船上都市」と呼んだ。彼らは船上都市に乗ってマトルーナンの港を出て、海へと繰り出し、そしてそのまま帰ってこなかった。それから一〇〇年もする頃には、彼らの公用語から「帰る」という概念に当たる言葉は、すっかり失われていたのだという。

船上都市は多くの場合、その中央に広場を持ち、広場には高さ約八〇〇メートルの塔が建造されていた。塔は無線通信基地局であり、塔から放たれる電波によって、惑星中を回遊する他の船上都市や小型船舶たちとの通信を絶えず行っていた。また、塔はマストとしての機能も果たしていた。塔には帆が張られ、船は風を受けつつ進行方向を自動決定できるよう、人工知能が搭載されていた。帆は風の流れに合わせて絶えず角度を変えた。風を受ける帆は、それ自体で電力を生むとともに、気象リスクのパターン解析を行っていた。そのため船上都市たちはリアルタイムで気象情報を分析し、危険を避け、つねに安住の場に向かって移動し続けることができた。自律移動する船上都市には人間系のオペレーション機構も具備されていたが、つねに変動し続ける惑星とともに変動し続け最適化し続ける航行計画にエラーはなく、それらのオペレーション機構が使われることはついぞなかった。海でできた惑星のうちに、海とともに生きてきたペーンポーイ人たちの繁栄をさえぎる問題などは何もなかった。しかしそれは、ペーンポーイ文明において問題がまったくなかったということを意味するわけではない。問題は惑星と文明の関係のうちにはたしかになかったが、惑星の存在を前提とする認識体系のうちにあった。彼らはそのことを知らなかったし、また、知るすべを持たなかった。彼らが彼らの終わりの日について知ったときには、彼らが知ったことそれ自体によって、過去から未来に伸びるあらゆる可能性は一つに収斂し、彼らはもはや、それ以外の未来を選び取ることは許されなかった。彼らは生まれ、生き、そして消え去ってゆくそのときまで、回遊を続け、生き延びることを試み続けた。

2

こうしてふたたび海上遊牧を開始したペーンポーイ人たちだったが、一年に一度は、全ての人民がマトルーナンに集結する祝祭日を設けていた。祝祭日は、ペーンポーイの神「シャウテレウル」を祀ることを目的としていた。ペーンポーイ人たちは、その文明が花開くより以前、彼らがまだ、ミンダナオ島周辺でひっそりと暮らす少数部族にすぎなかった西暦六〇〇年頃から、シャウテレウルを祀り、一年に一度シャウテレウルの神託を聞くことを習慣としていた。彼らはシャウテレウルの神託に従って一年を振り返り、次の一年の過ごし方を決定した。それは彼らが旧人類の最後の担い手となった二一〇〇年以後も変わらなかった。彼らは彼らの神を信じていた。彼らは、シャウテレウルの導きだけが彼らを救い、彼らの存在を保証しているのだと信じていた。彼らが海上での遊牧を始めたのも、海底の遺跡から文明を再現させたのも、全てはシャウテレウルの神託に依るものだった。神は実在し、神の言葉は必ず現実化した。神託は、細部では事実と異なる点も多少はあったが、概ねそのとおりに実現した。神託と事実に齟齬がある点は、神の声の聞き手である自らの落ち度である、とペーンポーイ人たちは考えた。そのためペーンポーイ文明では、神託の精度を向上させるための技術もまた発達した。ペーンポーイ文明では通信技術が発展し、さまざまな産業領域で応用されたが、そもそもそうした技術群の多くは、神託を聞く受信装置の精度向上を目的として開発着手されたものであったことが知られている。本稿で取り上げる「都市型演算機構」は、その代表的なものである。

ペーンポーイ人たちの時間線で見た場合、都市型演算機構が初めて導入されたのは二二〇四年のことで、それは私たちの時間線において、認識収束機構の起源となる研究プロジェクトが開始された年と一致する。これらの事実を踏まえると、二二〇四年を境に、（新旧を問わず）人類の歴史は大きく分岐しているのだと指摘することができる。その年の祝祭日については、『ペーンポーイ民俗史研究』第二四号掲載の論考「シャウテレウル祝日がペーンポーイの技術発展に与えた影響」（ジェームズ・モーゲン著）に詳しく、当該論考を参照すると、ユバル・ヤバルという名の一人の少年の存在が、ペーンポーイの分岐した歴史において、私たちへと連なる歴史の担い手になったのだと解釈することができる。

ジェームズ・モーゲンの記述によれば、二二〇四年の一二月、ユバル・ヤバルを乗せた一隻の巨大船上都市、「ナンムーグ」がマトルーナンへと向かっていた。ナンムーグは船上都市でもあったが、クジラの身体構造を応用して建造された海中都市でもあった。平常時には扇型をしたデッキは、海中で袋状に畳み込むことができ、船が前進するとクジラの口のような形状に変化した。袋は海中の魚類を飲み込み、一定量を満たすと自動でジッパーが閉まり、捕獲した魚を、生きたままに目的地まで運び込むことができた。ユバル・ヤバルは、人工知能では対応の難しい複雑で狭い径路やサンゴの襞に分け入って、海域ごとの珍しい魚や真珠を捕獲しては、人工クジラの口の中に放り込んでいった。ユバル・ヤバルはナンムーグのイルカ使いとして知られていた。海の中へと潜る際、ユバル・ヤバルは必ず専用のゴーグルを装着した。ゴーグルには超音波の送受信装置が搭載されており、音波の周波数変換装置が搭載されていた。ユバル・ヤバルはそのゴーグルによってイルカと会話を交わすことができた。ユバル・ヤバルは海中のイルカたちの協力を得て、イルカを海中通信ノードとして用いることで、理論的には、惑星を覆う全ての大洋に存在する魚たちの種類と場所を探索することができたとされる。イルカを用いた探索作業は暗黙知の占める割合が大きく、ナンムーグにおいてはユバル・ヤバル以外にはできない芸当だったと言われている。イルカは人と同等かそれ以上に知能が高い動物であり、人と意思疎通ができるだけでなく、ときには嘘をつき人を騙すこともあった。イルカとの協働は、イルカとの信頼関係がなければ実現は難しく、ユバル・ヤバルを除いては、長い訓練期間を経たとしても、ナンムーグの人々には実践に足る技術は身につかなかった。そのために、ナンムーグにおいて、イルカ使いはユバル・ヤバルだけに許された特権的な仕事だったのだ——とジェームズ・モーゲンは書いている。

ナンムーグがマトルーナンに到着するまでの日々を、ユバル・ヤバルは毎日海の中のイルカたちとともに過ごした。ユバル・ヤバルはときどき目を閉じて、マトルーナンの海域に住むイルカたちと会話をした。ユバル・ヤバルはそのようにして、マトルーナンの思い出を反芻し、一年に一度の祝祭日を楽しむ自分の姿を想像することで、ナンムーグにおいて繰り返される回遊の、変わらぬ日常の日々をやり過ごしていた。

一二月三一日にナンムーグがマトルーナンに到着したとき、時刻は大西洋標準時間で一八時を過ぎたところで、マトルーナンにはすでに多くの船上都市が集まっていた。ユバル・ヤバルが海中から船上に移動すると、ナンムーグの大人たちはもう、全海各地の海酒で泥酔しており、そこら中から笑い声が聞こえてきた。ユバル・ヤバルが辺りを見渡すと、ナンムーグと同じく涙滴型をした無数の船上都市群が、マトルーナンを囲い込むようにして均等に並んでいるのが見えた。各船上都市は無線通信により同期がとられ、各々の位置座標と進行速度を正確に把握しており、マトルーナン着港時の位置と角度を自動的に最適化することができた。船上都市群は相互に自動制御することで、隣接する船同士が接触することは決してなかったし、マダケをベースとする人工植物を素材とするデッキは、頑強性に優れているだけでなく弾力性に優れ、たとえ相互に接触したとしても接触部分がしなやかに曲がって衝撃を受け止め、大事に至ることはなかった。

全ての船上都市たちの着港が完了すると、神託の準備が始まった。船たちは帆を塔の中にしまい込み、ゆっくりと位置を調整し、演算モードへと機能シフトを開始した。その年のシャウテレウルの神託は、都市型演算機構を活用することで聞かれることになっていた。都市型演算機構とは文字通り、都市が一つの演算装置となる機構であり、演算装置を保有し演算装置そのものでもある、全ての海上都市と船上都市の総称であった。高精度の神託は、船上都市の一つひとつが演算回路を構成するモジュールとなり、連結した都市群が巨大な演算機構となることで実現可能なのだと考えられていた。神託とはこれまでもこれからも、つねにすでに一種の未来予測なのであり、未来予測が神託なのだとすれば、高度な演算機構が導出する未来予測シミュレーションの結果をもって、神託とすることも可能であろう——ペーンポーイ人たちはそう考え、そしてその考えを実行に移したのだった。ジェームズ・モーゲンが整理した資料を概観すれば、都市型演算機構を用いた神託は、次のような手順で進められた。

神託を聞く前に、ペーンポーイの人々は、古来より伝わる海藻由来の幻覚剤を吸引した。幻覚剤により雑念を排した彼らは、マトルーナンの中央広場に集合した。広場には聖歌隊と楽器隊が待機しており、ペーンポーイの民謡を奏でていた。船上都市民たちもその中に混ざり、子供の頃に両親から学んだ歌を歌い始めた。そのあいだに船上都市たちは、海中からデッキを引き上げ神託に向けて自らの形を変えていった。船上都市たちは、自らをもって論理演算子となり、連結と変形と再連結を繰り返すことで、無数の論理回路を生成してゆくのだった。一つの船上都市が論理積ゲートをつくり、別の船上都市が論理和ゲートをつくり、そのまた別の船上都市が否定論理ゲートをつくった。それらの論理ゲートが組み合わさり、続いて否定論理積ゲートが生まれ、否定論理和ゲートが生まれ、排他的論理和ゲートが生まれた。船上都市たちはこのようにして、巨大な演算回路を構成した。複数都市の統合は、論理的なレベルだけではなく物理的なレベルでもなされ、また表象のレベルでも実現された。船上都市たちは同期通信をとりながら、マトルーナンを中心とする新たな都市を構築していった。単独では植物の種子のようにも見える船上都市群は、円形のマトルーナンの周囲に等間隔に配置されることで、上空から見下ろすと、花弁を開いた巨大な花のようにも見えた。花弁の上で、柱頭の上で、ペーンポーイの人々は歌をうたって笑いあい、複数だったものはここにいたって一つになり、ばらばらに散っていたペーンポーイの人々は、一年に一度のその場において、物理的にも精神的にも一つになることができるのだった。

全ての船の動きが停止し、位置が固定されると、船上都市の中央部に建つ円形の塔が、天に向かって高く伸びていった。塔はマトルーナンのどの高層ビルよりも高く伸び、地上八〇〇メートルほどで止まった。歌声がやみ、楽器の音がやんだ。マトルーナンの中央広場では、口を閉ざしたペーンポーイの人々が皆一様に空を見上げていた。やがて、塔の一つひとつが光を放ち、あたり一面を光で満たした。それが神託の始まりの合図だった。

その頃私たち現生人類の時間線では、西暦三二〇〇年に認識収束機構の実験が執り行われており、単一の時間線に収束される以前の、無数の未来と過去を探索していた。広く知られているとおり、私たち現生人類は、長らく線形の過去を持たない生物種であった。そこで私たちは、技術的に歴史は収束可能か否かということを、自らの認識を用いて確認するべく、全ての時間線の過去方向に向けて量子信号を送信し、受信した過去の存在する時間線と、私たち自身の時間線の統合可能性を検証していた。そうして見つかったのが、西暦二二〇四年にペーンポーイと呼ばれる文明が存在する時間線だった。ペーンポーイ文明における都市型演算機構は私たちの送った信号を受信し、同時に私たちは、認識収束機構によってペーンポーイ人たちの都市が放つ光を見つけ出すことに成功した。私たちの仮説はおそらく間違ってはいなかったのだ、と私たちは考えた。そして私たちはプロジェクトを次のフェーズに進めることにした。こうして私たち現生人類は、その高度な通信技術を持つ、過去世界の文明人であるペーンポーイ人たちとの交信を試みたのだった。

以降は、現生人類とペーンポーイ人の最初の接触について、ペーンポーイ人が残した伝承を、ジェームズ・モーゲンが紹介した概要に基づき、読者の理解を助けることを目的に、筆者が再現した挿話である。

3

私たちは光に包まれていた。

過去から射す光に向かって、私たちはこう言った。

「こんにちは世界。この声は聞こえていますか？」

ペーンポーイ人たちは歓声を上げた。彼らがなぜそれほどまでに興奮しているのか、私たちにはわからなかった。彼らの代表らしい男が応答した。

「聞こえています。シャウテレウル」と男は言った。当時の私たちに、シャウテレウルという言葉の意味はわからなかったが、それが私たちを指しているということはわかった。

男は話を続けた。

「シャウテレウル、今年はありがとうございました。あなたのおかげで、今年も無事に過ごすことができました。これからも何卒、私たちをお導きください。私たちの未来に何が待ち受けているのか、私たちは何をなすべきなのか。シャウテレウル、ぜひ、愚かな私たちたちにご教示ください」

　私たちは答えた。

「ペーンポーイの人々よ。私たちは、シャウテレウルという名ではありません」と私たちは言った。「私たちは三二四〇年に暮らす未来世界の知性体であり、端的に言ってしまえば、あなたがたの子孫にあたる存在です」

　私たちは呼吸を一つ置き、話を続けた。

「私たちが知っていることを、全てお話ししましょう」と私たちは言った。「私たちは、あなたがたの生きる、この世界とは異なる時間線で生きています。そこでは、人類――正確に言えば「旧人類」――は、二八世紀に絶滅しています。その頃突如発生した超新星爆発によって、地表は焼かれ、海は深海を除いて蒸発し、超新星爆発の熱に当てられた生物は一体残らず死滅しました。人類のいくらかは超新星爆発を生き延びましたが、それでも、生物のほとんど消えた地球で生き抜くことはできませんでした。滅びゆく彼らは、彼らの文明を次の世代に引き継ごうとしましたが、その担い手に人類を選ぶことはしませんでした。彼らは、彼らと同じ生物種である人類を後世に残すのではなく、変わってしまった惑星を生き延びることができる、新たな生物種を創造しました。それが私たちです。私たちは、イルカと人類の遺伝子を人工的に配合して編集して生成された人工生命――海中の奥底で暮らす、あなたがたの知らない新たな生物種であり、あなたがたとは異なる、あなたがたの子孫なのです」

「待ってください」とペーンポーイ人は私たちの話をさえぎって言った。「シャウテレウル、いえ、未来人よ、あなたの話が本当だとして、あなたは先ほど、あなたの世界の時間線はこの世界の時間線とは異なるものだと言った。そうだとすれば、あなたの世界のできごとは、この世界のできごととは異なるということになる。だから、あなたの言う超新星爆発も、人類の滅亡も、この世界では起きることはない。そうじゃありませんか」

「いえ、そうはなりません」と私たちは答えた。「あなたがたが私たちを観測し、私たちがあなたがたを観測した現時点において、歴史は一つに収束しており、時間線は一つに統合されています。そのためここでは、すでに私たちの過去にはあなたがたがいて、あなたがたの未来には私たちがいるということになっています。過去を観測するという行為が過去を確定することと同義であるように、未来を観測するという行為は、未来を確定することと同義なのです。観測された未来は、それが成就されるよう、宇宙の全ての可能性を収束させます。あなたが私を知ったあなたである以上、あなたは私が存在する未来から逃れることはできないのですよ。いまや、あなたがたの存在は私たちの存在を保証しており、私たちの存在があなたがたの存在を保証しています。私たちがもはや過去を改変することができないのと同様に、あなたがたは未来を改変することはできません」

「それなら、私たちはどうすればいい？」とペーンポーイ人は言った。

「簡単なことです」と私たちは言った。「旧人類のみなさん、あなたがたはこれから、確定された滅亡の未来に向け、準備を進めていく必要があります。遺伝子配合や遺伝子編集、イルカの生態研究を優先的に進め、来るべき未来を待ち構える必要があるのです。私たちの歴史においては——二二〇〇年代に生きたことになっている、旧人類のユバル・ヤバルという学者がそれらの研究を飛躍的に推し進めたということになっています。ですから歴史を進めるのは、ユバル・ヤバルただ一人に任せればいい。あなたがたは、何もする必要がないのですよ」

ペーンポーイ人たちは、それ以上何も言わなかった。対話はそれで終わった。のちにユバル・ヤバルが書くことになる研究日誌によれば、マトルーナン広場で楽器隊に囲まれて立っていた彼は、私たちのその言葉を聞いて驚き、鼓動が速度を増すのを感じたのだと言う。彼はそのとき、頭の中が真っ白になり、意識が遠のいていく心地がした。もはや彼には、未来人の声も、周りのペーンポーイ人たちの声もはっきりとは聞き取れず、ぼんやりと空を見つめることしかできなかった。空は光で満たされており、次から次へと降ってくる光の粒子に、彼は全身を浸していた。彼は、それらの粒子の一つひとつに、全ての世界の全ての可能性が映し出されていることを想像し、空や、海や、海の底や、自分が知るあらゆる場所を構成する、全ての光の粒子たちの、全ての組み合わせパターンを計算しようと試み、やがて諦めた。そうして彼は悟ったのだった。認識されない全ての時間線がこの自分にとっては確率的な現象にすぎないように、この自分も、この自分が暮らすこの世界もまた、摂動しながら生まれては消える、他なる世界の全ての自分にとっては、永遠に確率的な現象にすぎないのだ、と。

ユバル・ヤバルの視界は揺動を続け、私たちの歴史は揺動を続けていた。私たちの視界の隅では、いくつもの光の粒子が現れ、あてのない、しかし規則的な運動を繰り返していた。その中に、ひときわ輝く世界の姿があった。私たちはそれを観測し、それが私たちの歴史になった。全ては一瞬の輝きの中で起きたことだった。統合された都市型演算機構は光を放ち、光を失い、光は海面へと落下し、それから音も立てずに、海の中へと沈んでいった。やがて祝祭の時間は終わり、船上都市たちはふたたび、長い海の旅へと戻っていった。ペーンポーイの人々も日常へと帰っていった。人々の多くはその年の奇妙な神託を、幻覚剤や海酒を過剰摂取したためであるとして忘れようとしたが、未来を目撃したうちの、一人のイルカ使いの少年は決してそうはしなかった。彼は確定された未来を生き、神託を成就させるために尽力した。

のちに起きたできごとの仔細については、もはや言明の必要はないだろう。重要なのは、始まりから終わりに至るまで、歴史は線形に解釈されるということだ。

過去が未来を導くように、未来は過去を手繰り寄せている。私たちはそれを知っている。私たちの存在そのものが、私たち自身を保証し続けている。つねに、すでに。あらゆる時間、あらゆる世界で。

ケース3

COVID-19以降の社会を考える

本作は、日本版『WIRED』誌に寄稿した作品です。『WIRED』Vol.37では「Sci-Fiプロトタイピング」特集が組まれ、当時はちょうどCOVID-19の第一波が猛威を振るっていたこともあり、編集部からは「COVID-19以降の社会のありかたを考えてほしい」という依頼をいただいていました。

COVID-19への対応に関する見解は多種多様であり、専門家の間でも一致を見ませんが、当時は世界中で「ロックダウン」が行われており、日本でも全国の自治体で「外出自粛」が政策として行われていました。

政治家の間でも学者の間でも、「経済と安全のどちらをとるか」「自由と安全のどちらをとるか」といった議論が交わされ、前者をとれば後者はとれず、どちらかを選び取るしかない、というようなトレードオフが前提とされていましたが、わたしはその議論に不満を感じており、その両者をとるにはどうすればよいか、ということを、本作の執筆を通して考えました。

この作品は、企業とともに行ったプロジェクトではなく、クライアントもいなければワークショップなどが開催されたわけでもなく、純粋なＳＦプロトタイピングとは言えないかもしれませんが、危機の時代にあって、「ほしい未来を考える」「ありうる未来の可能性を考える」というテーマに基づき、実際に、本気で成し遂げようと思えば実現可能な世界を描いている、という意味ではＳＦプロトタイピング的であると考えています。

なお、本作では、アイディア出しという意味でのディスカッションなどは行っておらず、作品執筆のプロセスは、普通の小説と同様に孤独な作業であったものの、最終アウトプットが完成するまでには、専門家との意見交換を行っています。

本作は、国家の分離独立やデジタル地域通貨、ＶＲといった要素を取り扱っていますが、わたしは政治・経済については門外漢であり、現実性を確保するために、経済評論家の山形浩生氏に監修をしていただいています。そのため本作では、まずドラフトを執筆したうえで、山形氏に読んでいただき、山形氏にいただいたコメントを反映させながら最終化していく、というプロセスをとりました。

踊ってばかりの国

01 絶えざる踊りのために

踊りたいなら踊ればよい。国がないならつくればよい。踊ってばかりでいることを禁じる国があるのなら、そんな国からは自ら離れ、踊ってばかりの国をつくればよい。踊られるために国があってはならないなどという道理はどこにもなく、踊られるためだけの国があってもよい。

踊ってばかりの国とは文字通り、踊ってばかりの国を指している。踊ってばかりの国の主要な産業は踊りであって、それ以外に特筆すべきものは何もない。踊りによって成る国は、踊ってばかりの国以外にはないために、踊ってばかりの国が踊ってばかりの国と呼ばれることに、奇妙な点は何もない。

「一つ奇妙なことがあるとすれば」と、日本国の経済評論家、ヒロ・ヤマグチは言っている。「それは、踊ってばかりの国などあるはずがないとする、私たちが慣れ親しんだ思考体系そのものなのだとは言えるでしょうね」

踊ってばかりの国とは、日本国・岐阜県・郡上市を舞台とするオンライン・ゲーム「サイバー郡上八幡」のユーザーたちによって立ち上げられた電子国家「郡上八幡国」を指している。少なくとも、現在の郡上八幡国が「踊ってばかりの国」を名乗り始めた当初は、国土を持たない完全に電子的な疑似国家だった。サイバー郡上八幡は、郡上市民たちがデジタル空間内で踊ることを目的にサービスが構築されていた。そこでは誰もが、あたかも現実空間で踊れるように、あるいは、現実空間で踊れる以上に、踊りを楽しむことができるのだった。

有史以来、郡上八幡の文化の中心にはつねに「郡上おどり」と呼ばれる踊りがあった。郡上おどりの歴史は古く、六世紀には既に行われていたことが確認されている。以降少なくとも一五〇〇年以上にわたり、郡上市民は郡上おどりを楽しむために生きていた。

郡上八幡の町の中心にはやぐらがあり、人々はやぐらを囲んで輪をつくり、火を焚き、祭囃子を奏で、昼夜を問わず踊り続ける。歴史の途上、何度か大きな戦争や天災に見舞われることがあったが、そんなときにも彼らは水屋や防空壕の中にやぐらを運び、最小の人数で輪をつくった。彼らは一日たりとも踊りの炎を絶やすことはなかった。

02 郡上八幡独立宣言

ある国家のある地域が国家から分離独立を行うためには、「定住住民」と「領土」、それに「政府」と「外交能力」が必要とされる。これは、一九三三年に締結されたモンテビデオ条約によって定められた独立国家の条件である。そして、幸いなことに郡上八幡国にはあらかじめ、それらの四点が揃っていた。前者二つは郡上市の市民および領域がそのまま一致した。政府はサイバー郡上八幡の開発者を中心に、サイバー郡上八幡のユーザー有志において発足された。むろん、現在ここでこうして国史をまとめる私もその一人である。私の本業は作家だが、郡上八幡国政府においては外交を担当しており、その一環で今はこの文章を書いている。

二〇二〇年の初夏のこと。郡上八幡国独立宣言の草案はまとめられ、二〇二一年の秋には国連に認可された。かくして郡上八幡国は日本国からの分離独立を達成した。日本政府からは内乱罪に問われる可能性もあったが、結局そうはならなかった。郡上八幡はサイバースペースにおいては従前より独立的な立場にあったし、グローバル市場でのプレゼンスも上がっていた。サイバー郡上八幡は、オンライン・サービスとしては多言語対応しているために、アクセスは日本のみに限定されるものではなく、ユーザー国籍も日本人だけにとどまるものではなかった。切り開かれた新たな空間は人々の新たな欲望を喚起し、そこで新たな市場が生まれ、新たなプロダクトが市場を満たした。サイバースペース内のアバターの外見をカスタマイズするためのプラグインが販売され、反応速度を向上させるための高精度センサーが販売された。あるいはサイバースペースの空を飛ぶ車に乗って郡上八幡の空を縦横無尽に飛び回る者や、ソフトウェアでできたパワードスーツをアバターに着せ、まるで映画の中のスーパーヒーローのように駆け回る者も現れだした。こうした事例は枚挙にいとまがなく、新たな都市に商機を見出した多国籍企業が次々と店舗を展開し、サイバー郡上八幡の経済圏は拡張し続けていた。経済圏としての郡上八幡をめぐる事態はもはや、日本政府の思惑だけで動かせるものではなくなっていたのである。

03 郡上一揆、その後

はじまりは二〇二〇年の春。そのころ世界は悪疫のときにあって、高い感染力を持つ新型ウイルスの感染拡大抑止を名目に、世界中で都市封鎖が行われ、外出などの私権が制限されていた。当然ながら日本も例外ではなく、郡上八幡も例外ではなかった。

「それは三月の初旬ごろでした」と、郡上八幡国に暮らす女性、トメ・ムラタは語った。「東京からどこかの省の職員たちがやってきて、今は外で踊るのをやめてくれ、と私たちに言いました。あんたたちの生きがいが踊りなのはよく知ってるけど、頼むから今だけは我慢してくれ、と。突然の要請に私たちは戸惑いましたが、その日は、わかりましたとだけ答えて、彼らに帰ってもらいました」

「けれど」と、トメ・ムラタは言葉を継ぐ。「もちろんそんな要請には応えられるはずがありません。私たち郡上八幡人は、国や県の職員たちの目を盗んではやぐらに向かい、最小の人数で郡上おどりを続けたのでした」

郡上市民の生活様式は郡上おどりを中心に組織されていた。彼らが踊りをやめるのは、彼らが生きるのをやめることに等しかった。彼らは郡上おどりを欠いた生活を想像することすらできなかった。

流れが変わったのは四月のこと。日本政府は全国を対象とする緊急事態宣言を発令し、国民の外出規制を強化した。国内のあらゆる場所に監視カメラつきのドローンが飛び交い、外出者を発見すると警報音を鳴らし、画像と位置情報を取得し、監視ログを最寄りの交番に送信した。二分を超えて要請に従わなければ警察官がやってきて、強制的に家の中へと連れ戻された。郡上八幡の人々は、最初のころこそ抵抗したが、それも長くは続かなかった。彼らは踊ることができなくなった。

「駆けつけた警察官に、あんたも郡上の人間ならわかるだろ、と何度も訴えました」と、トメ・ムラタは涙ながらに語った。「郡上の人間なら、私たちにとって踊ることがどれだけ大切なことなのか、あんたにもわかるだろ、と。踊りを失うことは伝統を失うこと、私たちと土地を結びつける歴史を失うことで、思い出を失うことで、自分自身であることを失うに等しいことだ、そうだろ？　と。もちろん彼らもそれはわかっていました。そうまくしたてているあいだ、彼らはみな一様に、くやしそうな表情を浮かべていました。それでも彼らは、私たちを家に帰そうとしました。仕事だから、国からの命令だから仕方ないんだと彼らは言いました」

でも――と、トメ・ムラタは言葉を継いだ。「私は、そんな仕事ならいらない、そんな国ならいらない、と思いました。私たちには仕事なんかより、国の命令なんかよりもっと大切なことがある。私たちが私たち自身であるための、大切なことが。私はそう思ったのでした。郡上人は何百年も昔から何度も一揆を起こし、踊りを通して政府に抵抗してきました。本当の郡上人なら、郡上おどりを踊り継いでいくことは、あるいは命よりも重要なことです。そんな私たちが踊りを取り上げられて、正気でいられるはずがありませんでした。私たちはみな、これ以上ないほどの不安と混乱の中にありました。そして、そんなときにサイバー郡上八幡はリリースされたのです。ですからそれは、わらをもつかむ気持ちだった当時の私たちにとって、目の前に突然投げ出された、一本の命綱以外のなにものでもなかったのです」

04 デジタル・ツインの町

サイバー郡上八幡には郡上八幡の町の風景が完全に複製されており、それを感じるための身体感覚が完全に複製されている。サイバー郡上八幡の中心部は大日ヶ岳の山中にあり、長良川の源流付近に位置している。遠くを見れば木と紙でできた家々が点在し、石でできた橋がそれらの家をつないでいるのが見える。デジタルゴーグルを下に傾け側溝をのぞくと、色とりどりの魚たちが泳ぐのが見える。そこに手を伸ばせば、デジタルスーツごしに水の冷たさを感じることができる。

電子空間上の郡上八幡およびそこに所属する住民は、物理空間上の郡上八幡と瓜二つの双子、いわゆるデジタル・ツインであって、ＧＩＳ地図情報・スマートフォンの位置情報・監視カメラの画像情報といったあらゆる空間情報のほか、事前にスマートフォンが取得し、クラウド・ドライブ内部に蓄積・管理されていたユーザーの社会的構成情報、基礎健康情報、遺伝情報といった個人情報を解析し導出されたアバターが、デジタルに仮構された三次元座標上にマッピングされていた。新型ウイルスの世界的感染拡大以後、日本国内での感染爆発の抑止を目的に、官民問わずオープン化されたリアルタイムデータ、ＡＰＩ、公開された共通データ基盤がそれを可能にした。

外出規制と都市封鎖によって、遠隔的なコミュニケーションに対するニーズは増大し、増加したデータ・トラフィック量に対応するべく、各種パブリッククラウドの可用性は増強され、これまでよりも柔軟かつ迅速で安定的な演算処理が可能となっていた。サイバー郡上八幡を構成するデータは、取得される元データにおいて変更プロセスが走るごとに自動更新され、仮想空間と現実空間を隔てるデータ差分がほとんど発生しないよう同期がとられ、ユーザーの誰もが、まったくリアルなものとしてサイバー空間を享受していた。そこにはもはや仮想空間と現実空間という隔たりはない。サイバー郡上八幡の世界にあって、あらゆる現象は虚構でありながら同時に実在そのものであり、すべては地続きにあるのだった。

05 創造すること、あるいは踊りのようなもの

サイバー郡上八幡の開発者は、現在は郡上八幡国の首相を兼ねる女性、ヨウコ・ミキモトである。当時のヨウコ・ミキモトはエンジニアであり同時に銀行員でもあった。ヨウコ・ミキモトは、岐阜県は郡上八幡に生まれ育ち、高校を卒業すると慶應義塾大学へ進学し、大学では会計学を学んだ。ヨウコ・ミキモトは、慶應義塾大学を卒業して学位を取得すると単身渡米。カーネギーメロン大学へ進学し、そこで今度はソフトウェア・エンジニアリングを学んだ。ヨウコ・ミキモトのカーネギーメロン大学時代の専攻はデジタル通貨だった。ヨウコ・ミキモトはカーネギーメロン大学を卒業すると、そのデジタル通貨への知見を活かし、郡上八幡政策金融公庫へ入行し、平日は銀行員として貸付や投資の業務に従事したのだった。

ヨウコ・ミキモトは優秀な銀行員だった。郡上八幡政策金融公庫の仕事は天職とも言えた。彼女は仕事でミスなどしたことがなかったし、つねに周囲の期待を超える結果を出した。彼女は上司や同僚や部下にも恵まれ、安定した生活を送っていた。しかしながら一方で、彼女は郡上八幡政策金融公庫で与えられる日々の業務に倦んでいた。暮らしはたしかに安定していたが、それは同時に、彼女にとっては退屈なものでもあった。彼女はもっと創造的で刺激的な「踊り」、あるいは少なくとも、「踊りのようなもの」を求めていたのだということは想像に難くない。ヨウコ・ミキモトは地元の他の住民と同じように、生まれ

ながらの踊り子だったのだ。

ヨウコ・ミキモトはつねに、目に映る世界の中で、あるいは目に映る世界の先にある、目に映らない世界の中で、「踊りのようなもの」を求め続けていた。ヨウコ・ミキモトは実際には踊っていないときであっても、踊りではない仕方で踊り続けることを自らの人生に課していた。ヨウコ・ミキモトは休日になると、趣味でさまざまなアプリやサービスやゲームを開発した。それが、そのときの彼女にとっての「踊りのようなもの」だった。サイバー郡上八幡もその一つで、そのオンライン・ゲームは、新型ウイルス感染拡大防止を目的とした政府緊急事態宣言に伴う、休業および外出自粛要請期間中に制作された。そのために、サイバー郡上八幡は、踊ることのできない時代における「踊りのようなもの」として、当初より構想され制作されたものと位置づけられる。

「踊りが踊りのかたちをしていなかったとしても、何も不思議なことなどありません」とヨウコ・ミキモトは言っている。「実際に踊りを知る者ならば誰もが体感としてわかっていることですが、踊りの中で発生する運動は一定ではありません。踊りというのは、同じ動作を反復しながらも差異を生み出し続けるような運動なのです。ですから、踊りそのものは永遠に続いたとしても、踊りの仕方は永遠ではありません。郡上おどりには一六〇〇年近い歴史があります。一六〇〇年前に踊られた踊りの意味と一〇〇年前に踊られた踊りの意味、現在の踊りの持つ意味、そして未来の踊りが伴う意味合いは、まったく異なるものでしょう。時代は変わり続けます。そして踊りというのはつねに変わらないものでありながら、あるいはつねに変わらないものであるがゆえに、時代を映す鏡になるのですよ」

06 デジタル通貨、コンヴィヴィアリティの道具としての

サイバー郡上八幡は一個の独立した経済圏である。サイバー郡上八幡内には固有の商業施設があり商店があり、そこでは郡上八幡における地域通貨「NAGARAコイン」を自主財源とした経済があった。

NAGARAコインは、地域経済活性化を目的に二〇一八年より郡上八幡政策金融公庫が発行するデジタル地域通貨であり、郡上八幡地域においてはドルや円とも交換可能な機能を有していた。商工労働組合との調整の結果、公共料金や生活必需品はNAGARAコインでの支払いができるようになっていた。二〇一八年以降、郡上八幡政策金融公庫は実験的に、行員への給与を日本円かNAGARAコインか選択できるようにしていた。NAGARAコインを選ぶと日本円よりも給料が一五%上乗せされた。多くの行員はNAGARAコインでの給与支払を選択した。NAGARAコインが利用可能な範囲は拡大しており、地元スーパーや商店でも利用可能となっていた。NAGARAコインが地域通貨として定着しているものと判断した市や市中銀行は、翌年、職員や行員への給与をNAGARAコインへと切り替えた。

やがて、市内の多くの民間企業や事業者もまた、NAGARAコインを併用した取引を行

うようになっていった。二〇二〇年に入るころには既に、市内におけるすべての経済活動は、NAGARAコインというコンヴィヴィアルな通貨のみで完結することができるようになっていた。つまるところ、踊ってばかりの国が踊ってばかりの国として分離独立するためのインフラは、新型ウイルスが拡散する以前の世界から整いつつあったのだ。

07 踊ろうとする意志

日本国からの分離独立の構想は、サイバー郡上八幡の設計当初より練られていた。少なくともヨウコ・ミキモトの中にはあった。彼女もまた、「本当の郡上人」の一人であり、彼女たちから踊りを奪った日本政府に憤りを感じていた。彼女は、自分にはもう日本国には居場所がないのだと感じていた。自分の居場所が奪われたのなら、自分の居場所は自分でつくればいい、と彼女は考えていた。古い国から抜け出したいなら新しい国をつくればいい。誰もそれをやらないのなら、自らそれをやるほかない。彼女はそう考えていた。むろん、当初は誰もそれを本気にはしていなかったし、ひとたび郡上の外に出れば、今でもその状況に変わりはない。

「国際会議などで郡上八幡国の成り立ちを説明すると、どこの国の方からもとても驚かれるんです」とヨウコ・ミキモトは話している。「どこに行っても、あたかも頭のおかしい人間を見るかのような目で見られるのですよね。それは日本であってもそれ以外の国であっても変わりません。けれど、私は自分がおかしなことをやっているとは思いません。人類が始まったときには、国もなく、都市もなく、あるいは家族すらもなかった。それは人工的なものであって、歴史の中でつくられてきたものです。それらは、つくられたものなのですから、変えることだってできるのです。歴史のどこかに国家をつくった最初の一人がいたように、歴史のどこかに、国家を今の姿のように変えた最初の一人というのがいた。むろん、いつの時代であっても最初の一人というのは多数派ではないかもしれませんが、それはこれからも現れ続けることでしょう。そこに、踊ろうとする意志があり続ける限りは」

08 郡上八幡国の経済政策

郡上八幡国の経済事情について付言しておこう。特徴的な政策の一つとして、郡上八幡国ではどんな税であっても徴収されることはない。法人税も、事業税も、住民税も、消費税もそこにはない。そのため、世界各国の民間企業はこぞって郡上八幡国に登記情報を移していた。一般に、新規で独立した国家においては、それまで提供されていた公共サービスの品質低下が発生し、そうした事象を回避するために税額は高く設定される傾向がある。しかしながら郡上八幡国の場合は逆に、そうはしないことによって公共サービスを維持することに成功した。郡上八幡国では電気・ガス・水道といった基礎的な公共サービスのほとんどは、日本国政府が推進してきた自由化政策により、数年前から民間企業に委託されていた。そのために、税制ゼロによる企業誘致政策が、公共インフラ分野においても効果を発揮したのだった。

「最初からマネタイズできるサービスはありませんからね」とヨウコ・ミキモトは説明している。「そしてそれは国の運営においても言えることです。郡上八幡国はまだ若い国ですから、最も重要になるのは人的資本です。生まれたばかりの若いサービスの多くが、まずはユーザーを必要とするように、今の私たちにとって必要なのは、何よりもまず国民です。私のこの考え方を批判する声もありますが、マネーを増やすことにはそれほどの労力はかかりません。少なくとも私はそう考えており、その思想に基づいて郡上八幡国を運営しています。特に、郡上八幡国の場合は既に地域に定着した独自通貨があり、理論的には無限に通貨を発行することができます。通貨というのは単なる信用情報であり、単なるデータにすぎず、それは発行しようと思えば簡単に発行することができます。人工物であるマネーは迅速かつ柔軟に操作することができます。しかしながら一方で、生物である人間はそうはいきません。人を呼び込むこと、人を生み育てることには膨大な時間と労力がかかります。だから私たちは、何よりもまず人に投資するのです。それが、私たち郡上八幡国の国家戦略です」

ヨウコ・ミキモトのこうした発言について、どこからどこまでが本気でなされたものであって、どこからどこまでが冗談でなされたものなのかはわからない。彼女は真顔で冗談を言うことを好む人物として知られており、私的な場では言うにおよばず、公的な場においてもそれは変わらない。彼女の真意は誰にもわからず、彼女自身にもわからないのかもしれない。

09　郡上八幡国をめぐる議論

当初三〇〇〇人程度から始まった郡上八幡国の国民数は、建国以来増加の一途を辿っており、二〇二四年七月現在では一二〇〇万人を超えている。郡上八幡国の経済政策について、経済学者や評論家たちは侃々諤々の議論を交わした。特にＭＭＴ派の経済学者たちは、郡上八幡国の政策をして税金ゼロ・財政支出・金融緩和の有効性を主張した。

そうした状況について経済評論家のヒロ・ヤマグチは、「税金をなくしただけでは、この短期間に国はそこまで成長しませんよ」と分析する。「経済というのは人の営みを映す鏡であって、税金をゼロにしようが貨幣をどれだけ発行しようが、人の活動そのものが活発でなければ経済は成長しません。そして、成長しないところに人は集まりません。だから、郡上八幡国が発展したのは、経済政策が優れていたこと以上に、市場として、あるいは社会として魅力があったということでしょう。そもそもの話ですが、貨幣は信用情報でありデータにすぎないというヨウコ・ミキモトの発言は、半分正解ですが、半分は間違っています。貨幣というのは自生的秩序として創発するものですから、それはある程度、社会そのものの欲望を反映したものになります。そして貨幣は逆に、目に見えるかたちで社会を浮かび上がらせます。貨幣が信用情報であるということの意味はつまり、その貨幣の使用者がその貨幣が使用される経済圏である社会を信用していて、かつ社会全体が貨幣の使用者を、社会にとって正しく貨幣を使用する者とみなす、相互補完的で自己言及的な構造の中に投企されているということなのですよ」

10 踊りは時空を超えて遍在する

「踊りたいなら踊ればよい。国がないならつくればよい。踊ってばかりでいることを禁じる国があるのなら、そんな国からは自ら離れ、踊ってばかりの国をつくればよい。踊られるために国があってはならないなどという道理はどこにもなく、踊られるためだけの国があってもよい」――これは郡上八幡国の国歌の一節である。私たち郡上八幡人はこうしたフレーズを口ずさみながら、今日もまた、やぐらを囲い、輪をつくり、そうして踊りを踊り続ける。昼夜を問わず、日を問わず。あらゆる場所のあらゆる時間、踊ってばかりの踊り子たちが踊り続けるその時空こそが、踊ってばかりの国なのだから。

「社会制度が大きく変わるとき」とヨウコ・ミキモトは言っている。「そこにはつねに、踊りのようなものが観測されます。代表的なものとしては、中世の踊り念仏、近世のええじゃないかなどが挙げられるでしょう。これらの踊りはいずれも、陳腐化した社会制度と変動する社会実態の間で、齟齬と軋轢が広がり続ける時代に発生したものです。理由はなぜだかわからないのですが、人というのは大きなエネルギーを必要とするときに、踊りのようなものを必要とする傾向があるようなのです。踊ってばかりの国とも言われる郡上八幡国もまた、後世の人々から見れば、踊り念仏やええじゃないかと同様に、反復を続ける人類史において、文明の発展が要請する一つの必然的な帰結である、踊りのようなものの代表例として位置づけられることでしょう。踊りというのは、人類にそなわった、変革のための一つの機能です。それは過去から未来に向かってつねにあり、あるいは、未来から過去に向かってつねにあり続けるのです」

踊ってばかりの国の踊ってばかりの人々は、今や世界中に遍在し、電子のやぐらを囲んで踊る。電子やぐらは文字通り、電子でできたやぐらであって、電子でできたサイバー郡上八幡内に存在する。踊ってばかりの国の踊ってばかりの人々は今この瞬間にも増え続け、やぐらを囲む輪を拡大し続けている。電子の町と電子のやぐらは、人の輪の大きさに比例して自動的にその大きさを変えており、今では巨大な遺跡のような様相を呈している。羽根の生えたアバターたちが天を舞い、中空で弧を描きながら踊っている。彼らは各々のプラグインを持ち寄って、やぐらの炎を焚きつける。火柱はサイバースペースの天蓋を貫き、そこから虹色に輝く光の粒子を振り撒いている。幾重にも連なる輪をつくる踊り子たちは、降り注ぐ光を身に纏い、まばゆいばかりの光の中で、思い思いの仕方で踊っている。

踊ってばかりの国の踊ってばかりの人々はこれからも、踊ってばかりで過ごし続けるだろう。現実の空間で、あるいは想像上の空間で、生前の空間で、それとも死後の空間で。手をとりあって歌をうたい、楽器をとって祭囃子を奏で、炎をたたえたやぐらを囲み、無限を目指してとぐろを巻く、永遠の円環を描きながら。

あとがき　奇跡を信じること

本書はおそらく、日本人によって書かれた初めてのSFプロトタイピングに関する解説書／入門書です。

存在しない世界の断片を夢というかたちで幻視し、それをプロトタイプというかたちで実体化させ、プロトタイプをながめたり触ったり、それについて何度も話すことで、それまでは想像不可能だったものがやがて想像可能なものになってくる――本書では、そうしたことについての考え方、そうしたことを実行に移すための具体的な方法について説明してきました。

本書で繰り返し指摘してきたとおり、人は虚構の中を生き、想像された世界を生きる動物です。想像された世界は、各個人で共通するところもあれば、異なるところもあります。何が同じで、何が違っているかは、創造され、表現され、外部に向けて示されることで明らかになります。

そして、明らかになった共通点や相違点を受けて、人々はまた、自分の見ている世界を更新し、想像力を更新し、共通点や相違点を更新してゆくのです。

この本もまた、共通点や相違点を浮き彫りにし、そして、この本を読む前よりも読んだあとのほうが、あなたのなかで、それまでは相違点だと思っていたことや、あるいはそもそも気づきもしなかったことが了解され、わたしの見ている世界との共通点が増えていることを願っています。

想像不可能なものは想像可能である、という、信仰にも似た認識をわたしは持っています。そして、想像可能なものは創造可能であり、あるいは、想像されたものはその時点で既に創造されたものだとも言えるのだ、という信仰を。

哲学者の小泉義之は『「負け組」の哲学』の中で次のように書き、人によるテクノロジーの発展を「奇跡」の一語に束ねようとします。

われわれが願っているのは奇跡である。車椅子がスポーツカーよりも速く移動すること、医療機器がポータブルになること、指先の動きだけで意志が伝わること、目蓋の動きだけで武器を破壊できること、受肉の奇跡を肉体のいたるところで引き起こすこと、要するに、無力な者に力を賦与することである。われわれが為すべきは、こんな奇跡のために、政治経済を本気で変更することなのだ。

（五四頁）

そしてわたしもまた、小泉義之と同じ立場をとります。

あるいは、本書でも何度か触れてきたピーター・ティールは、『ゼロ・トゥ・ワン』の中でこんなことを書いています。

ほかの生き物と違って、人類には奇跡を起こす力がある。僕らはそれを「テクノロジー」と呼ぶ。

テクノロジーは奇跡を生む。それは人間の根源的な能力を押し上げ、より少ない資源でより多くの成果を可能にしてくれる。人間以外の生き物は、本能からダムや蜂の巣といったものを作るけれど、新しいものやよりよい手法を発明できるのは人間だけだ。人間は、天から与えられた分厚いカタログの中から何を作るかを選ぶわけではない。むしろ、僕たちは新たなテクノロジーを生み出すことで、世界の姿を描き直す。それは幼稚園で学ぶような当たり前のことなのに、過去の成果をコピーするばかりの社会の中で、すっかり忘れられている。

（二〇頁）

ティールのこのテクノロジー観は、いささか楽観的すぎると言えるものですが、それでも希望は持つべきで、未来に対しては楽観的であるべきで、自分の信条は強く信じ切るべきです。ティールは奇跡を信じているのだし、テクノロジーに奇跡を託しています。

奇跡を信じてテクノロジーをもって未来を切り拓こうとするティールと、そうではなく、未来へのビジョンを持たず、ただ再生産を繰り返そうとするリーダーがいたとして、わたしたちはどちらの側につくべきなのでしょうか。

答えは明白です。

奇跡という大きな物語、そしてそれへの信仰がなければ、知性はやがて目的を失い、本来のありかたを失い、わたしたちは、わたしたちとして生き続ける希望を失うでしょう。

奇跡。

たとえば、すべての弱者が救済されること。すべての不幸が幸福に転じること。すべての困難が乗り越えられ、誰もが生きたいように生きられること。選ばされるのではなく選びとる自由が得られること。

わたしたちがみな、永遠の生のなかで永遠の幸福に浸り続けられること。

もちろんこれは妄想です。SF的な奇想です。現在のテクノロジーでは、奇跡を実装することは到底かないません。

しかし、だからなんだと言うのでしょうか？

本書では、妄想やSF的な奇想こそが、世界を変え、「ほしい未来」を手に入れるために必要なのだということを書いてきました。考えられることは、考えたほうがいい、行けるなら、行けるところまで行けばいい、信じたいものがあるなら、信じることを貫きとおすべきだ——自分が信じたいことを信じること、自分の信じるビジョンを語ること、それだけが、未来を切り拓く強さを持ち、それこそが、あなたがあなたでいることの正しさを保証するのだと。

わたしは奇跡を信じているし、わたしは奇跡がいつか実現されるものだと考えている。

奇跡のために、あらゆる知性、あらゆる学問、あらゆる技術、あらゆる思想、あらゆる手技、あらゆる制度、あらゆるリソース、あらゆるツールが活用されるべきだと考えている。奇跡を目指して、文明は発展していくべきだと考えている。

SF作家たちはみな、奇跡を信じており、奇跡を信じているがゆえに、SF小説を書き続けられたのだとも言えます。SF作家は科学やテクノロジーに驚異をいだき、それが文明に大きな影響を与えることを知っていました。一方で、人間自体は変わらず、いつまでも人間であり続けることを知っていました。たとえ、スペースコロニーで生きるようになったとしても、たとえ、タイムトラベルが可能になったとしても、たとえ、永遠の生を手に入れたのだとしても、パラレルワールドとの行き来が可能になったのだとしても、人は変わらず、喜んだり、悲しんだり、怒ったり、楽しんだりする。テクノロジーに対して楽観的な評価をくだす者がいる一方で、悲観的な評価をする者もいる。

SF作家のテッド・チャンは、作品集『息吹』の中で、脳科学や計算機科学の発達により、未来のすべてが予測可能になった世界や、並行世界の自分とコミュニケーションがとれるガジェットが普及した世界、過去のあらゆるできごとが映像データとしてアーカイブされ、検索可能となった世界を描きます。

それらの世界に生きる登場人物たちは、この世界を生きるわたしたちとはまったく異なる生活を送っていますが、人間として彼らが思ったり感じたりすることは、わたしたちと驚くほど似通っています。変えられない未来を知ってしまった人々は、自分がどれだけ努力をしても無駄であることを悟って無気力になっています。並行世界の自分を知る人々は、並行世界の自分に嫉妬したり並行世界の自分に優越感をいだいたりして精神をやみ、自助グループに通って心をケアしています。また、過去のアーカイブが検索可能な世界では、記憶と事実のあいだで生まれる齟齬に、登場人物たちは苦しみます。

テッド・チャンのSF作品は、あくまで一つの例にすぎませんが、何を喜び、悲しみ、怒り、楽しいと感じるか、何に慄き、何を恐れるか、ということは、おそらく、人間が人間の形を持ちはじめた太古の昔から現在に至るまで、そして、人間が人間であり続ける限り、未来永劫、変わらないことなのではないでしょうか。

人間は、物語をつくり、物語によって自らを駆動することで奇跡を起こし続けてきた生き物ですが、人間がこれからも人間である以上、人間は物語を生み続け、そして文明を刷新し続けるのだろうと、わたしは楽観的に考えています。

ミームという概念があります。

それは、人間の脳内に保存され、伝達され共有される、社会的・文化的な情報を指す言葉です。

たとえば習慣や技能、物語といったものはミームにあたります。ミームとは、人の心に寄生して心のプログラムを書き換えることで、心の中から心の外の現実をつくり出す、ある種の文化的なウィルスのようなものだと言えます。

そのために、ミームの世界にあっては、人間とは、ミームが自己複製するための乗り物のことを指しています。

ミームは物語の遺伝子であり、人間はミームを通してつねに物語にアクセスしています。人間は物語を通してしか世界を認識することができません。人間は物語から逃れることができない。そのために、人間の直感とは反して、現実が物語の先にあって現実が物語を生んでいるのではなく、実のところ、物語が現実の先にあり、物語こそが現実を生んでいるのです。

そして人は物語を作る。

人は物語から逃れられないが、物語を変えることならできる。

そのようにしてわたしたちは、時代が変わって、世界のありかたが変わっても、そこで新たな物語を語り続けます。

人間が遺伝子の乗り物であるように、物語はミームの乗り物です。

人が尽きない限り、遺伝子は尽きることがないように、物語が尽きない限り、ミームが尽きることはありません。

そのようにして、テクノロジーの夢は続き続け、奇跡への夢は続き続けます。

ところで、むろんSFもまた、物語の一種です。そのために、SFもまた一つのミームであると言えます。

ミームであるがゆえに、ＳＦは虚構に属する存在でありながら、同時に現実でもある存在です。ミームであるそれは人によって想像されますが、やがて今度は逆に、それが人を想像するようになります。人間が想像することと、想像されるものが人間の想像をつくること、人間が道具としてつくったテクノロジーが、人間のありかたを規定し、人間に新たなテクノロジーをつくらせること。想像することと想像されること、創造することと創造されることのあいだには、つねにフィードバック・ループが運動を続けており、そのために、主客は変動し続け、一定ではありません。

人は自らがデザインしたものによってデザインされる生き物です。

人は自らが語った物語によって語られるような性質を持った生き物です。

政府も、会社も、学校も、あらゆる組織、あらゆる社会は最初のときには存在しないものでした。それは人によって夢見られ、語られ、デザインされ、物語として構築されたものなのです。そしていままでは、それらの社会が人を語り、そこで生まれる人々の生を規定しています。

わたしたちが生きるこの世界では、アスファルトで舗装されていない道路を見つけるのは困難ですが、わたしたちは文明の最初から道をアスファルトで舗装しようと思ったわけではありません。そこには、まずは移動のために馬に乗り、車輪をつくり、効率化のため馬車をつくり、車輪を円滑に回すために道路を舗装していったという経緯があります。つまり、道路というテクノロジーは独立して発生したのではなく、まずは車輪というテクノロジーが発生し、車輪というテクノロジーが要請することで、初めて必要となったテクノロジーだと言えます。そして、そこでは人は、車輪というミームによって、道路を舗装するよう働きかけられた労働力に過ぎず、主体は人間ではなく車輪に転化しているのだと考えることができます。

テクノロジーはつねに、別のテクノロジーを引き連れてやってきます。あるアイディアは同時に異なるアイディアを、思考はその思考のみにとどまることは決してなく、複数の異なる思考の流れを誘発します。そして、その連続性の中に身を置くことが、未来を創造するということなのだとわたしは考えます。

本書は一貫して、未来を「予測」するのではなく「創造」することに焦点を当ててきました。

過去に「予測」と言われたものの多くも、結局のところそれが本当に「予測」だったのかどうかはわかりません。過去は未来に対して語りかけ、影響を与え、そして未来を直接的であれ間接的であれ、創造してしまうのだからです。原理的に。不可避的に。

アイザック・アシモフやアーサー・C・クラーク、ロバート・A・ハインラインなどの古典SF作家は、いまでは「SF小説を通して未来を予測した」といった評価をされることも多いですが、果たして純粋な未来予測というのは可能なのでしょうか。アイザック・アシモフやアーサー・C・クラーク、ロバート・A・ハインラインなどを子どものころに読んだ人々が、そうした未来を脳裏に焼き付け、大人になって、そうした未来の夢を現実化するために活動するということは、それほど珍しい話ではないからです（まさにいま、わたしがこんな本を書いて、ＳＦの力についてあなたに語りかけているように）。

起業家や事業家、それに科学者や政治家などのうち、「未来を創る」ということを、自らのミッションとして課した人々は、ＳＦ小説をある種の教科書のようにして、現実を推し進めようとしてきました。

一つ、代表的な例を紹介しましょう。

筑波大学でヒューマンエージェントインタラクションを研究する大澤博隆助教授は、大のＳＦファンとして知られており、氏が主導するかたちで、二〇一八年、産学共同企画「想像力のアップデート：人工知能のデザインフィクション」が発足しました。

同企画は、「ＳＦが人工知能技術の発展にもたらした影響を調査する」というもので、まさしく「ＳＦが新たな科学技術を生み出」してきた歴史を浮き彫りにするリサーチとなっています。

そこでは、ＶＲの研究者やヒューマノイドロボットの研究者、ＡＩの研究者など、未来を創り出そうとする、先鋭的な研究者たちが、いかに『ドラえもん』や『鉄腕アトム』といった子ども向けＳＦアニメから影響を受けているのかといったことや、学生時代に読んだウィリアム・ギブスンのＳＦ小説やスタニスワフ・レムのＳＦ小説から、いかに感銘を受けているのか、といったことが語られています。

繰り返しになりますが、ＳＦの物語は未来を創出することで、ありうべき未来に向けて人を動かすものです。

サイエンス・フィクションと実際のサイエンスの関係は、鶏と卵の関係であって、既存の科学技術がSFを生むだけでなく、SFが新たな科学技術を生み出しているとも言えるのです。

いまここに生きるわたしたちは、過去に予測されたわたしたちではありません。いまここに生きるわたしたちは、過去に切り拓かれた世界線のわたしたちであり、あるいは、過去に切り拓かれることのなかった世界線のわたしたちです。

わたしたちの存在は決して約束されたものなどではありませんでした。わたしたちの現在は、決して予言されたものではありませんでした。いまここにいるわたしたちは、先人たちの想像力によって、創造された存在なのです。

SFは、その誕生のときから、いま・ここの世界とは異なる空想の世界を、あたかもいま・ここにある現実であるかのような、確かな手触りを持つ、〈もう一つの現実〉として提示してきました。

SFは空想の遊び場であると同時に、もう一つの現実を通していま・ここにある現実を考えることのできる思考の場であり、それは他者と共有可能であるという点で、コミュニケーションの場でもあります。

人はSFを書く生き物です。人はSFを書かざるを得ない生き物です。なぜなら人は、想像し創造する欲望を持った生き物だからです。

SFプロトタイピングは未来をつくるための手法です。SFプロトタイピングは世界を変えるための手法です。SFプロトタイピングは〈役に立つ〉道具です。

しかし、何よりもまず、SFプロトタイピングは、もう一度——あなたがまだ子どものころにそうしたように——想像力を解放し、自由な思考で遊ぶための道具なのです。人生にとって、人が活動し、何かを創るという営みにとって、遊びほど大切なことはありません。

わたしは日頃から、時間があれば、文章を書いたり、絵を描いたり、散歩をしたり、何もせず単にぼーっとして過ごしたりすることを心がけています。それでもどこかルーティン化してしまって、自分では遊んでいたつもりなのに、仕事のようにこなすようになってしまうことも少なくありません。

一方で、子どもというのは、本当に自由に、いつでも自分の創意工夫で遊んでいます。わたしには、三歳になる娘がいますが、彼女はいつも、家の中では——おそらく実際には見たことのないような——、何かの意匠や模様をもった絵を描き続け、日本語とそうではない言語の入り混じった何かの物語を話しては笑っています。外では、小石や落ち葉を並べて何かの構築物をつくったり、落ちている木の枝を拾っては、砂の上に絵を描いています。彼女は、誰に言われたわけでもなく、そこに意味があるかどうかにも関係がなく、ただ目についた道具を手でつかんで、それを解釈したり加工したりしながら、楽しむための道具として扱っているのです。

子どもはただ、遊ぶだけです。そこには迷いや雑念がありません。子どもは純粋に、創造する行為そのものを楽しみます。大人にとって子どもというのは、遊びを教えてくれる先生であり、プロトタイピングに向き合う姿勢を教えてくれる先生です。わたしは、自分ができる限り、いつまでも子どものようにいられるよう心がけ、そして工夫をしています。SFプロトタイピングとは、そうした工夫の一つです。SFプロトタイピングは、誰もが、仕事のなかで遊びを行い、遊びを仕事にすることのできるツールです。あなたがSFプロトタイピングをする際にも、ぜひ、子どものような気持ちで、遊ぶように創造の過程を楽しんでいただきたいと思います。

SFを書くことは楽しいことで、物語をつくることは楽しいことです。物語を想像し、想像したことを誰かと共有し、物語をさらに大きなものにしてゆくことは、とても楽しいことです。

SFプロトタイピングを用いて、SFを書くことを通して、自らの持つ想像性と創造性に驚き、その喜びをぜひあなたにも味わってほしい——そう願いながら、わたしは本書を書きました。

本書を通して、SFの物語の持つ力と、SFを読み書きすることの楽しさを、少しでも感じ取っていただけたら幸いです。

参考文献

まえがき

池内了『科学・技術と現代社会』（上下巻）みすず書房、二〇一四年
池田純一『ウェブ×ソーシャル×アメリカ――〈全球時代〉の構想力』講談社現代新書、二〇一一年
ピーター・ティール、ブレイク・マスターズ『ゼロ・トゥ・ワン――君はゼロから何を生み出せるか』（関美和訳）NHK出版、二〇一四年

パート1

総務省未来デザインチーム『新時代家族～分断のはざまをつなぐ新たなキズナ～』二〇一八年四月
https://www.soumu.go.jp/main_content/000548081.pdf
FNNプライムオンライン「おそらく初の試み…総務省がなぜか「SF小説」を発表」二〇一八年四月一五日
https://www.fnn.jp/articles/-/6640
ハーバート・A・サイモン『システムの科学』（稲葉元吉、吉原英樹訳）パーソナルメディア、一九九九年
ハーバート・A・サイモン『意思決定の科学』（稲葉元吉、倉井武夫訳）産業能率大学出版部、一九七九年
ユヴァル・ノア・ハラリ『サピエンス全史――文明の構造と人類の幸福』（上下巻、柴田裕之訳）河出書房新社、二〇一六年
マーク・チャンギージー『ヒトの目、驚異の進化――視覚革命が文明を生んだ』（柴田裕之訳）ハヤカワ・ノンフィクション文庫、二〇二〇年

楠木建『ストーリーとしての競争戦略――優れた戦略の条件』東洋経済新報社、二〇一二年
特許庁『デザインにぴんとこないビジネスパーソンのための〝デザイン経営〟ハンドブック』
二〇二〇年三月二三日
https://www.meti.go.jp/press/2019/03/20200323002/20200323002-1.pdf
ティム・ブラウン『デザイン思考が世界を変える――イノベーションを導く新しい考え方』（千葉敏生訳）
ハヤカワ・ノンフィクション文庫、二〇一四年
アンソニー・ダン、フィオナ・レイビー『スペキュラティヴ・デザイン――問題解決から、問題提起へ。
――未来を思索するためにデザインができること』（久保田晃弘監修、千葉敏生訳）
ビー・エヌ・エヌ新社、二〇一五年
ジュディス・メリル『ＳＦに何ができるか』（浅倉久志訳）晶文社、一九七二年
フィリップ・Ｋ・ディック著、ローレンス・スーチン編『フィリップ・Ｋ・ディックのすべて
――ノンフィクション集成』（飯田隆昭訳）ジャストシステム、一九九六年
WIRED「Sci-Fiで描かれた〝未来〟が、わたしたちの〝現在〟を変える」二〇一九年九月一五日
https://wired.jp/2019/09/15/better-business-through-sci-fi/
COLLABRI「ＳＦプロトタイピングでＳＦと企業をつなぐ。」二〇二〇年八月一九日
https://collabri.news/anon-sfwj/
ブライアン・デイビッド・ジョンソン『インテルの製品開発を支えるＳＦプロトタイピング』
（細谷功選・監修、島本範之訳）亜紀書房、二〇一三年
Ｈ・ブルース・フランクリン『最終兵器の夢――「平和のための戦争」とアメリカＳＦの想像力』
（上岡伸雄訳）岩波書店、二〇一一年

クリストファー・ワイリー『マインドハッキング――あなたの感情を支配し行動を操るソーシャルメディア』（牧野洋訳）新潮社、二〇二〇年

TechCrunch Japan「起業家はSF小説を読むべきだ」二〇一六年一〇月一〇日
https://jp.techcrunch.com/2016/10/10/20161008the-importance-of-science-fiction-to-entrepreneurship/

Virtual Gorilla+「中国・北京に〝SFシティ〟建設　SF産業を集約、2021年にはSFテーマパークの設置目指す」二〇二〇年一一月四日
https://virtualgorillaplus.com/topic/beijing-sci-fi-themed-park/

総合科学技術・イノベーション会議「ムーンショット型研究開発制度が目指すべき「ムーンショット目標」について」二〇二〇年一月二三日
https://www8.cao.go.jp/cstp/moonshot/mokuhyou.pdf

wisdom「第1回NEC未来創造会議・公開セッションレポート――SF作家・長谷敏司とNEC未来創造会議PJメンバーが語る、分断の時代に〝フィクション〟ができること」二〇一九年三月六日
https://wisdom.nec.com/ja/collaboration/2019030801/index.html

WIRED「これからの「大企業」は、人々の意志をつなぐプラットフォームになるのかもしれない」二〇一八年一二月三日
https://wired.jp/2018/12/03/wired-nextgen18-nec-ws/

パート2

ジェリー・Z・ミュラー『測りすぎ――なぜパフォーマンス評価は失敗するのか？』（松本裕訳）

みすず書房、二〇一九年
安宅和人『イシューからはじめよ――知的生産の「シンプルな本質」』英治出版、二〇一〇年
ケヴィン・ケリー『テクニウム――テクノロジーはどこへ向かうのか?』（服部桂訳）みすず書房、二〇一四年
國分功一郎『中動態の世界――意志と責任の考古学』医学書院、二〇一七年
リサ・クロン『脳が読みたくなるストーリーの書き方』（府川由美恵訳）フィルムアート社、二〇一六年
大塚英志『ストーリーメーカー――創作のための物語論』アスキー新書、二〇〇八年
ジョーゼフ・キャンベル、ビル・モイヤーズ『神話の力』（飛田茂雄訳）
ハヤカワ・ノンフィクション文庫、二〇一〇年
ジョーゼフ・キャンベル『千の顔をもつ英雄〔新訳版〕』（上下巻、倉田真木ほか訳）
ハヤカワ・ノンフィクション文庫、二〇一五年
田丸雅智『たった40分で誰でも必ず小説が書ける超ショートショート講座』キノブックス、二〇一五年

あとがき

小泉義之『「負け組」の哲学』人文書院、二〇〇六年
テッド・チャン『息吹』（大森望訳）早川書房、二〇一九年

装画　清川漠
装幀　コバヤシタケシ
編集　方便凌

樋口恭介（ひぐち・きょうすけ）

1989年生まれ。岐阜県出身、愛知県在住。早稲田大学文学部卒業。外資系コンサルティングファームに勤務。現在はテクノロジー部門のマネージャーを務め、DX戦略を中心とする案件を手掛ける。並行して、スタートアップ企業Anon Inc.にてCSFO（Chief Sci-Fi Officer）を務め、多くのSFプロトタイピング案件を手掛けるとともに、SFプロトタイピングに関する情報発信を行い、日本国内におけるSFプロトタイピングの普及と発展を推進する。『構造素子』（早川書房）で第5回ハヤカワSFコンテスト大賞を受賞して作家デビュー。同作は第49回星雲賞にノミネートされる。その他の著書に評論集『すべて名もなき未来』（晶文社）。ジャンルを問わず寄稿・講演等多数。文芸・テクノロジー・ビジネスの垣根を越えた言論活動を展開している。

未来《みらい》は予測《よそく》するものではなく創造《そうぞう》するものである

考《かんが》える自由《じゆう》を取《と》り戻《もど》すための〈ＳＦ思考《しこう》〉

二〇二一年七月一〇日初版第一刷発行
二〇二一年九月三〇日初版第二刷発行

著　者　樋口恭介
発行者　喜入冬子
発行所　株式会社筑摩書房
東京都台東区蔵前二-五-三　〒一一一-八七五五
電話番号　〇三-五六八七-二六〇一（代表）

印刷・製本　凸版印刷株式会社

 ISBN978-4-480-86476-5 C0095